DATE: ○○ / △△
這天的晚餐
乾燥蔬菜跟肉乾煮的湯，
烤得比較硬的麵包。
題在於製造出來的水不算好喝，
至少可以正常飲用，倒不成問題。
「我好久沒這樣吃了。」
03
Management of
Novice Alchemist
No money...?

Lorea
蘿蕾雅
約克村雜貨店老闆的女兒。
在珊樂莎的店裡打工。
Sarasa Feed
珊樂莎・菲德
菜鳥鍊金術師。畢業後
收到師父送她一間位於
約克村的店當作禮物，
並在那裡開鍊金術店。

Management of
No money...?
Iris Lotze
艾莉絲・洛采
採集家。被珊樂莎救回一命，
卻得扛下鉅額債務。
Kate Starven
凱特・史塔文
艾莉絲的搭檔。
跟艾莉絲一起償還
欠珊樂莎的治療費用。
DATE: ○○ / △△
他們三個的魔力量
跟一般平民的平均值差不多。
也就是說，他們並不適合學魔法，
就算努力學起來，
翻土的效率也很難超過自己花勞力去做。

Management of Novice Alchemist
No money...?
DATE: ○○ / △△
牠從口中吐出炙熱無比的火焰。
周遭氣溫迅速飆升，皮膚傳來受到灼燒的刺痛感。
連吸進體內的空氣都像著了火一樣，燙得喉嚨很痛。
真是的，到底是誰說要來獵火蜥蜴的！

03
菜鳥鍊金術師開店營業中
Management of Novice Alchemist Let's Business
Presented by itsuki mizuho
いつきみずほ
Illustration by fuumi
ふーみ
錢財短缺了?
Kadokawa Fantastic Novels

插畫／ふーみ

Contents

Management of
Novice Alchemist No money…?

第 三 章

錢財短缺了？

03

Management of Novice Alchemist No money...?

Prologue

序幕

在我們請某位有點讓人傷腦筋的商人離開約克村一陣子之後。

原本村子裡還像泡沫經濟炒熱景氣那樣，非常熱鬧，就在我大幅調低了冰牙蝙蝠牙齒的收購價，外加洞窟裡的蝙蝠數量變少之後，現在已經不像之前那麼多人了。

有少部分採集家抱怨沒得賺，但大多聽到「要避免明年以後資源短缺」這個理由就不會再多說什麼，所以也沒有引發大問題。

而且大部分冒險家之前就賺夠本了，再加上待在這個村子裡，也只有想喝稍微高級一點的酒才會花比較多錢。

這讓大家的財產必定只會愈來愈多，暫時不需要煩惱過不了生活。

「雖然我自己是付出了不少勞力，卻沒賺到多少利益啦。」

我一想起最近讓我特別費力的某件事情跟後來的結果，就忍不住搖頭哀嘆。

蘿蕾雅聽到我這麼說，就疑惑地眨了眨眼睛。

「是……嗎？可是我感覺妳沒有自己說得那麼吃力不討好啊……」

「……咦？會嗎？」

我明明是鍊金術師卻要去洞窟裡狩獵，又要去南斯托拉格討論一些作戰計畫，還要跟商人交涉，算下來也花了我不少勞力耶。
我看向艾莉絲小姐跟凱特小姐，接著她們也表示同意蘿蕾雅的看法。
「我不是想否定店長閣下的辛勞，可是妳應該賺到不少利益吧？」
「雖然店長小姐好像沒有留多少現金在身邊，可是妳現在應該擁有不少債權……不對，是做了不少投資吧？」
「是可以這麼說沒錯……」
我用有些投機取巧的方式藉著冰牙蝙蝠牙齒賺了一大筆錢，其中大部分都拿去跟雷奧諾拉小姐合資買下其他鍊金術師在那個商人——都仕．窩德手上的債權。
雷奧諾拉小姐似乎用會付現金的條件跟他殺價殺得很凶，可是這些債權也不是能馬上獲取利益的投資途徑……
「但其實還需要好一段時間，才能透過這些債權獲利。而且我也有點擔心是不是真的能收到他們的債款。畢竟他們本來就不算會做生意的鍊金術師。」
鍊金術師這種職業本來就算有點不擅長做生意，也只要腳踏實地做好無聊的商品準備和販賣，不隨便冒險，就能多少賺一點錢，所以根本不會有機會揹上債務。
可是這些債權都是來自明明不容易虧錢，卻還是負債的鍊金術師。
雷奧諾拉小姐好像以「資產評估也很重要！」為由，調查了他們會負債的原因跟一些相關詳情，我也有聽說她的調查結果……而這些負債的鍊金術師裡面有讓人不得不同情遭遇的，也有負債原因讓人傻眼到不行的。

雷奧諾拉小姐預計會依據他們的情況安排不一樣的還款計畫，要自討苦吃的人盡早還清，單純無辜受害的人可以慢慢還。

再加上我這邊比較遠，所以這些事情都是交給雷奧諾拉小姐處理。

「不過，虧珊樂莎小姐願意把錢借給他們耶。」

「嗯～我是買他們的債權，跟『借錢』又有點不一樣……」

我們有跟「負債原因讓人傻眼到不行的人」說會頻繁確認他們有沒有認真想要還錢，希望不會欠著不還。

雖然這樣賺錢有點投機取巧，但畢竟買下債權的錢也是我辛辛苦苦賺來的錢。

而且他們有足以拿到鍊金術師執照的實力，照理說只要腳踏實地賺錢，就可以賺到利潤。

「反正就算收不到債款，我也還有拿到一大批鍊金材料，應該不會有什麼影響。這樣我就可以專心處理鍊金術好一陣子了，太好了。」

最後跟都仕·窩德買的冰牙蝙蝠牙齒數量實在太多，我自己一個人很難用光，所以我就利用師父那邊的管道把牙齒換成各種材料。

多虧換來的這些材料，我有一段時間都沒多少進度的《鍊金術大全》也開始順利進展。光是這樣，就值得我付出這麼多勞力了。

而且都仕・窩德帶了不少現金進來，對整個村子的經濟很有助益。

「店長閣下現在正在做的也是《鍊金術大全》要做的東西嗎？」

「這個鍊器叫做共音箱。材料是雷奧諾拉小姐提供的。」

「哦，這個要怎麼用？」

「等我一下，我快做好了……好，完成了。」

我做的是一個手掌大小的四角形木箱。

雖然乍看只是普通的木箱，不過，它當然不可能只是普通的箱子。

「把這個放在手上……『測試、測試。雷奧諾拉小姐，妳聽得到嗎？』」

『我有聽到。看來是成功了。妳有事情要找我的話，隨時都可以聯絡我喔。』

箱子突然發出聲音，讓艾莉絲小姐她們驚訝得睜大了雙眼。

「成功了。『好，謝謝妳。那以後有事情會再聯絡妳』——這就是它的功能。」

「它……可以用來跟其他城鎮的人說話嗎？」

「對。只是它很耗魔力，距離不能太遠，使用時間也不長。」

艾莉絲小姐把身子往前傾，凝視起我手上的共音箱。我把箱子遞給她。

「哦，它好輕啊。」

「這麼小的箱子有這種功能……真厲害。可是它這麼方便，卻好像不太普及的樣子……？」

「這種鍊器好厲害。明明外表看起來只是個木箱。」

共音箱從艾莉絲小姐手上輪流轉交給凱特小姐跟蘿蕾雅，而她們每一個人都很好奇地轉動箱子，仔細觀察。

「因為它有點貴。一般定價是五十萬雷亞。」

「咦！哇哇！哇哇！」

我這番話讓現在拿著共音箱的蘿蕾雅嚇得渾身發抖。

共音箱也順勢從她手上掉了下來。

「危險！」

艾莉絲小姐迅速展開行動。

她朝著地板飛撲，把掉下來的共音箱接進懷裡，成功避免箱子摔落地面。

「哇哇哇……對……對不起！」

「沒關係，別在意。我把它接起來了。」

蘿蕾雅連忙蹲到艾莉絲小姐身邊，艾莉絲小姐也對蘿蕾雅露出帥氣的笑容，並牽著她的手慢慢站起身。不過——

「不用擔心，它不小心掉到地上也不會壞。除非很倒楣摔到不該摔的地方。」

「意思就是夠倒楣的話，還是會摔壞吧？店長小姐，妳把這麼昂貴的東西拿給別人的時候要小心一點啊。不然我們會被妳嚇到。」

「好。我知道了。」

我也不太懂該怎麼樣小心拿。

畢竟只是稍微貴了一點就膽戰心驚的，根本沒辦法在師父那裡打工。

拿得太小心反而更危險。

「還有，一般人不太容易運用它，也是它不怎麼普遍的原因之一。」

共音箱用到的魔力比傳送陣少很多，但是一般人一定要消耗魔晶石才能用，而且就算魔力比一般人多，也是跟隔壁鎮的人通話就有點吃力了。

簡單來說，如果想正常運用共音箱，就必須準備魔晶石，或是找魔力很多的人幫忙。

再加上它本身的價格會大幅增加使用成本，理所當然不會普及。

這次會做共音箱除了它是提升鍊金術等級上的必經之路以外，也有一大部分是因為單純讓我跟雷奧諾拉小姐可以互相聯絡的話，可以忽視那些很麻煩的使用成本。

而且共音箱很方便維持我們今後的互助體制。

雷奧諾拉小姐提供材料建議我做共音箱的時候，我二話不說，就同意她這份對我大有助益的提議了。

「這麼厲害的東西沒有被普遍運用，果然有它的理由在——對了，店長閣下，我想問妳一件事，妳現在方便聽我說嗎？」

「嗯，當然沒問題。妳想問什麼？」

我面露微笑答應艾莉絲小姐，讓壓低了視線，看起來有點猶豫的她比較好開口。隨後，她就用有點遲疑的語氣問：

「……嗯。現在不是已經不採集冰牙蝙蝠的牙齒了嗎？我想問店長閣下知不知道什麼比較好賺的鍊金材料？不用到冰牙蝙蝠牙齒那麼好賺也沒關係。」

「畢竟我們欠店長小姐一大筆錢，所以想幫忙採集一些妳想要的，或是比較好賺的材料。雖然每次都要這樣依靠店長小姐，也是有點過意不去。」

「好賺的材料嗎？我想想……」

她們其實不需要這麼急著還錢，不過，我也能了解艾莉絲小姐想早點還清的心情。畢竟扛著債務難免會覺得心神不寧嘛。

「大樹海這樣的地方當然存在能讓妳們一次還清債務的採集品——」

她們一聽到我脫口說出的這段話，臉上就立刻浮現焦急神色，插嘴說：

「啊，我……我希望是我們可以平安採集回來的東西就好。」

「對……對啊。不然萬一又受重傷讓負債變得更多，就本末倒置了。」

「我知道。我想想看，以妳們的實力來說……」

壞心蟲可以一次帶很多回來，存貨也常常不夠，可是請她們去找壞心蟲，會有點太大材小用。

因為這簡單到連蘿蕾雅都可以去附近幫忙找，而且要找出大量壞心蟲也很花時間。賺錢的效率並不是很好。

而火焰石是接下來到冬天這段時期會有大量需求的鍊金材料，收購價也很高，不過這附近只有地獄焰灰熊的棲息地能找到。

現在還不知道之前那場狂襲的確切原因，去棲息地採集有點太危險了。

記得這個時期還可以採到一顆值好幾萬雷亞的喬夫耶果實，只是不容易找到，所以要她們專心去找這種果實是一場很大的賭注。

畢竟那主要是在採集其他材料的時候順便找到的東西，性質上比較偏向賺外快。

再來就是……

「對了，腐果蜂的蜂蜜怎麼樣？現在剛好是採蜂蜜的季節，而且那是高級蜂蜜的原料，收購價會很高喔。雖然需要事前準備一些用具，但是找到很大的蜂巢就可以一口氣賺不少錢。」

我考慮過腦海裡幾種材料的可行性以後，便提議一種很適合她們現在去採集的蜂蜜，卻隨即看見她們一同表達困惑。

「腐果蜂？凱特，妳知道那是什麼嗎？」

「不知道。我也是第一次聽說。抱歉，店長小姐，可以麻煩妳說明一下嗎？」

「嗯，當然可以。腐果蜂這種生物——」

正如其名，是一種以腐爛的果實為主食的蜜蜂。

牠們通常會在秋天進入尾聲的時候開始頻繁活動，在有冰牙蝙蝠棲息地的地方則是夏天就會開始出現。

牠們會去搶冰牙蝙蝠存糧裡已經腐爛的果實。

會搶食物的牠們本來應該會是冰牙蝙蝠的敵人，可是牠們搶的是冰牙蝙蝠不吃的果實。所以被搶走也不會有任何影響。

而且腐果蜂會順便幫忙驅趕其他入侵洞窟的敵人，反而算是一種共生關係。

腐果蜂從冰牙蝙蝠的果實上採集來的蜂蜜會特別受到重視，收購價也比一般蜂蜜高上許多。

「順帶一提，有冰牙蝙蝠的洞窟附近好像很容易出現比較大的腐果蜂巢。畢竟可以找到的食物比較多。」

「原來如此……嗯？該不會現在進去冰牙蝙蝠的洞窟裡面，就會被那種蜜蜂攻擊吧？」

艾莉絲小姐似乎注意到了我在說明途中提到的「驅趕其他敵人」的意思，我接著說：

「的確有被攻擊的風險。雖然有準備防蟲錸器，應該就不需要擔心了。啊，採集腐果蜂的蜂蜜的時候，我建議不要用『驅蟲』的鍊器，要用『防蟲面紗』。」
「一般的驅蟲鍊器不行嗎？那不是還比較貴嗎？」
「不行。『驅蟲』鍊器的功能是製造出一塊讓蟲不想靠近的空間，可是，妳覺得牠們發現自己的巢穴被攻擊，還會只因為『不想靠近』就逃走嗎？」
「……說得也是。其他還需要用到什麼東西？」
「可以解蜂毒的解毒藥也一定要帶。因為牠們的毒有可能致命。」
我強調解毒藥的重要性之後，凱特小姐就訝異得睜大了雙眼。
「會致命？原來這種蜜蜂這麼危險嗎？」
「要是每個人都有辦法採集，收購價就不會很高了。」
「唔……說得也是。我們是不是應該找安德烈先生他們一起去……？」
「這就交給妳們決定了。其實也要看蜂巢是在森林裡的哪個地方，不過，找他們同行還是會比較安全。但如果比較注重賺的錢多不多，就另當別論了……」
就算蜜蜂本身不構成太大的威脅，森林裡也還存在其他魔物。
只有艾莉絲小姐跟凱特小姐兩個人的話，不小心在找蜜蜂途中闖進森林深處會有點危險。可是，我認為這應該由她們自己來決定。
畢竟她們也是專業的採集家。

「謝謝妳，店長閣下。我們會再仔細想想該怎麼辦。」

「好。妳們自己也要小心一點喔。」

Management of Novice Alchemist
No money…?

Episode 1

Honey Gathering, and the Payoff

採集蜂蜜與成果

「好了。今天要來做什麼好呢？」

我目送艾莉絲小姐她們出門工作以後，就開始處理自己的本業。

雖然把時間花在藉著炒短線或投資賺錢也不賴，但我還是想先磨練自己的鍊金術。

我分很多次慢慢弄的《鍊金術大全》第四集也只剩下最後一小部分了。

再過不久就會進到第五集，師父曾跟我說「差不多第五集開始會比較吃力」。

吃力歸吃力，如果有認真磨練自己的技術，最先遇到的反而會是資金問題，而非技術不足。

因為要提升鍊金術師等級，就必須連不會有人買的商品也要做出來。

除非資金非常充裕，不然倉庫裡堆著一堆這種東西其實很～麻煩。

至於有多麻煩……拿艾莉絲小姐差點丟了性命那時候用的鍊藥來舉例好了。

其實那種鍊藥也在第四集裡面。

它的製作成本高到會讓艾莉絲小姐她們得花很長一段時間才還得了債，甚至連整個倉庫擺滿錢的那時候，我也還是會猶豫該不該做這種藥。

以我現在手頭上的現金來說……應該還差一點點才能做？總之它就是昂貴到這個地步。

這種狀態下硬是挑戰做這種藥的話，一旦失敗，就會直接破產。

就算成功了，也需要找到買家，不然就會沒有足夠資金繼續經營店面。第四集以後很多這種高成本的鍊器跟鍊藥。

也難怪師父說會比較吃力。

假如沒有師父送我那些材料當餞別禮，我一定會更晚才到現在的進度。

不過，師父送我的材料剩下不多。

用完以後就得自己賺錢買高級材料。

「反正第四集已經不用擔心材料不夠了。因為我全部買齊了。」

再來就只要一個個做出來就好。

「今天……就來做飄浮帳篷吧。」

這種鍊器正如其名，是一種會飄在空中的露營用帳篷。

只聽這段說明會覺得好像很神奇，但其實它飄浮的高度只有離地十公分，外表上看起來沒什麼特別的。

不過，也不能太小看它。帳篷飄在空中可以避免受到地面凹凸、濕氣、寒冷的影響，也不會有蟲跑進去，保證可以在裡面睡得很安穩。

只需要露營一兩天可能還感覺不到它的好，不過，有時候會長期待在野外的採集家一定會非常想要這種鍊器。

「尺寸……做成四到五個人用的好了。」
單純需要做過一次的話，也是可以做成一個人用的，只是很可能會一直留在倉庫裡積灰塵。
至少也要做成可以三個人用的大小，才能在跟艾莉絲小姐她們去採集的時候拿出來用。
雖然不知道會不會有機會跟她們去採集，但既然都要做了，就先預設可能會有這種情況吧。
「首先割好要用的皮革……」
我從帳篷的部分開始做。帳篷的部分真的就只是普通的帳篷，所以我只需要重複把割好的皮革縫在一起。
步驟很簡單，卻也很累人。
因為我要縫的是皮革。
我可以利用魔力強化體能，應該是不至於像一般皮革工匠那麼費力，但是還是很花時間。
而且是可以四到五個人睡在裡面的尺寸，要縫的範圍當然也比較大。
要不是這個村子裡沒有皮革工匠，我其實很想請專業的人代替我做。
「不知道有沒有可以輕鬆縫好皮革的鍊器？」
邊抱怨邊縫的我在好幾天之後，終於做好了帳篷。
在帳篷底層畫上迴路，再鋪上另一層厚皮革，就算正式結束了麻煩的工程。
「不過，我還想再順便多加點功能。反正也賣不出去。」

因為是自己人要用的，我不會考慮製作成本。

而且只是單純會飄浮也有點可惜，不是嗎？

「乾脆再加上環境調節布的功能……跟驅蟲效果吧。還有……」

當然，製作難度會比一般情況還高。

我是沒有特別喜歡挑戰自己──但是這樣既可以鍛鍊自己的技術，又會讓做出來的帳篷用起來更方便。

雖然要消耗的魔力或要消耗的魔晶石會比較多，並不完全只有好處……算是因為我自己要用，才可以加這麼多奢侈的功能。

「這樣就好了。再來就是……」

我有點費力地在皮革上畫好迴路之後，蓋上另一張皮革，再把整個帳篷放進鍊金爐裡。

接著放進各種材料跟水，開始加熱。

「攪拌一下～做大尺寸的東西果然還是要用大型鍊金爐。」

先不論用小鍋子也能做的鍊藥，有不少鍊器一定要用大型鍊金爐才能做。像是帳篷跟床單。

不過，大型鍊金爐非常昂貴。

只是不買就沒辦法提升鍊金術師等級，所以當鍊金術師真的很花錢。我當上鍊金術師之前還很天真地以為「只要拿到執照就可以輕鬆賺大錢了！」，實際上根本沒有這麼好的事情。

當然，必須通過窄門才能拿到執照的鍊金術師過的生活，還是會比一般平民好很多。

「好了。大概就這樣吧。」

我拿下放在魔力爐上的鍊金爐，把帳篷拿出來沖洗。

等它乾了以後……

「應該就做好了！……來確認一下可不可以正常發揮功能吧。」

我扛著摺疊起來的帳篷走到店裡，就看見蘿蕾雅手肘撐在櫃檯上發呆，看起來有點睏。

現在村民比以前更願意來店裡消費了，但是剛過中午的這個時段大家都還在工作。所以這時候幾乎不會有客人上門。

「蘿蕾雅，辛苦了。」

「啊，珊樂莎小姐。妳今天的鍊製工作都做完了嗎？要不要泡茶給妳喝？」

蘿蕾雅不知道是不是很高興有事情可做，立刻站了起來。我把扛過來的帳篷拿給她看。

「應該可以算做完了。只是我還想確認一下成品的功能。」

「確認……我也可以一起去看嗎？」

「嗯，可以啊。我要先把它架在院子裡，走吧。」

我們來到店門口的小院子。我把帳篷放在地上，灌注魔力，隨後帳篷就迅速自動架設好，並輕輕飄浮起來。

「哇！飄起來了……這個帳篷不需要用到把它撐起來的棍子嗎？」
「嗯。所以要帶著走也不會很麻煩。很方便吧？」
「好方便喔！太厲害了！」
不過，它依然是個體積很大的皮革製品。再加上我用的是很堅韌的厚皮革。
這讓它的重量變得並不算輕，所以還是沒辦法輕輕鬆鬆帶著走。
「對了，妳走進去就可以馬上知道它有多舒適喔。請進。」
「好，那我進去看看……啊，好涼快喔！而且感覺輕飄飄的，好舒服！」
「哼哼哼。妳也可以在裡面試睡看看喔。」
「哇，比睡在床上還要舒服耶。好棒喔！哈哈哈！」
蘿蕾雅直接躺在裡面滾來滾去，笑得很開心。
沒錯，這個帳篷睡起來會舒服到讓人覺得自己好像飄在天上。
應該說，它也真的是飄在空中。
而且我有加上空調功能，睡在裡面一定可以睡得很安穩。
甚至要把它當成平常睡覺的床鋪也沒問題——前提是要不在乎它的價格。
「珊樂莎小姐，這個帳篷大概值多少錢？妳要放在店裡賣嗎？」
「這種帳篷的價格要看它的大小，應該至少十萬雷亞以上吧。所以放在店裡賣，這個村子裡面大概也不會有人來買。」

一般人不需要特地買帳篷，這個村子的採集家也不會買太貴的鍊器。蘿蕾雅在聽到我這麼說之後稍做思考，接著搖搖頭說：

「不，搞不好會有人想買喔。我這段時間顧店下來，覺得採集家好像都不太知道有什麼樣的鍊器。妳把帳篷擺在這邊宣傳它有多方便，應該會有人有興趣吧？畢竟現在有很多人手頭比較寬裕，我認為可以試試看。」

「……原來如此，妳這麼說也滿有道理的。」

其實這麼說不太好聽，但是採集家基本上沒有多少學識。

他們不太清楚這世上存在什麼樣的鍊器，導致很少採集家會特地想辦法增加工作效率，又或是購買可以加強效率的工具。

有極少數情況是會用「想要其他採集家用的那個很方便的東西」這種名義找鍊金術師訂做，卻不會有人上門問「有沒有某種功能的鍊器」。

所以我特地做的「可委託訂製」的牌子，也只是放著積灰塵。

啊，不，我還是有把它清理乾淨，說積灰塵只是比喻而已。

「只是要縫帳篷的話，我應該也可以幫忙吧？我顧店的時候也常常閒著沒事做，有人要訂，我就趁沒客人的空檔幫忙縫！」

的工程。

蘿蕾雅握緊雙手，眼神充滿幹勁，不過……

「我是很感謝妳願意幫忙，可是縫皮革很累喔。」

我自己是利用體能強化增強力氣來縫。

可是一般人沒辦法這麼做，會需要先在皮革上打洞，再把針線穿過去，是非常單調而且累人的工程。

一般縫皮革非常費力耗時，叫蘿蕾雅幫這個忙會讓我有點過意不去。

「不，請妳讓我幫忙。閒著沒事的空檔真的太多了，我有點不好意思拿這麼多薪水……如果有其他我可以幫忙的事情，都儘管說。」

「是嗎？我覺得妳幫我煮飯就已經算幫了大忙了……好。有妳可以做的事情，我再找妳幫忙。」

「知道了，我一定幫。我也會看好帳篷，避免有人把它偷走！」

「嗯。但反正我們這裡有防盜裝置，妳不用花太多心思顧它。」

比起帳篷被偷，我更怕蘿蕾雅被一時心急的小偷攻擊。

再加上我有幫這個帳篷加上露營的時候還滿需要的「夜襲反擊功能」。

我把這個功能調整成有人想拿出庭院就會發動好了。

雖然很可能一個不小心鬧出人命……可是也不需要在乎小偷的死活吧？

◇　◇　◇

隔天，我把飄浮帳篷跟寫著詳細說明的牌子一起放在店門口展示。

當然也有寫上「請勿偷竊，否則不保證能活命」的警告標語。

我相信這個帳篷是很有魅力的商品，不過它價格不斐。我不太期待會有人買它。

——我本來是這麼想，卻聽到蘿蕾雅說一整個早上已經有好幾個人來洽詢了。

他們還沒確定要訂，但是應該可以期待一下？

大家好像也很驚訝有這麼方便的鍊器存在，看來以後搞不好可以藉著多展示一些商品增加營業額。

這個村子裡賺最多錢的採集家應該是安德烈先生他們，只是他們看起來也沒有在揮霍。

其他採集家看到安德烈先生他們用我做的鍊器，或許也會想跟著一起用，我乾脆推銷一些鍊器給他們好了。

「對了，艾莉絲小姐她們說今天會去採腐果蜂的蜂蜜回來……」

「嗯，她們好像昨天才終於找到蜂巢。」

昨天吃晚飯的時候，她們說在冰牙蝙蝠棲息的洞窟附近監視，很快就發現腐果蜂了，卻多花不少時間追蹤腐果蜂才找出巢穴。

腐果蜂的飛行速度很快，導致牠們的活動範圍也很廣，最遠可以到方圓好幾公里。要在沒有明確道路的森林裡面追著蜜蜂到處跑有多困難，並不會太難想像。

幸好腐果蜂一直在冰牙蝙蝠棲息的洞窟跟巢穴之間來來回回，艾莉絲小姐跟凱特小姐才能藉著跟安德烈先生他們分工在沿路上留人看守，慢慢找出正確的飛行路線，在幾天後找出巢穴的正確位置。

「而且他們找到的蜂巢好像很大，應該可以期待他們會帶不少蜂蜜回來。也算是不枉費大家努力這麼多天了吧。」

「對啊。可是，珊樂莎小姐，森林裡不會有想搶蜂蜜的魔物嗎？」

「喔，這妳不用擔心。因為——」

正當我想解釋為什麼的時候，突然有人些微慌張地打開店門。

衝進店門的是我們才剛提到的凱特小姐跟艾莉絲小姐。

「妳們回來了——」

「店長小姐！我借一下廁所！」

「啊，嗯，妳不用客氣——」

凱特小姐一聽到我這麼說——

就二話不說，飛奔衝往裡面。

她是一直忍著沒上廁所嗎？也難怪啦，畢竟女生一般不太想在森林裡上廁所。

我感到有些疑惑，並轉頭面向露出苦笑的艾莉絲小姐。

「艾莉絲小姐，歡迎回來。」

「歡迎回來。你們有採到蜂蜜嗎？」

「嗯，我回來了。蜂蜜在這裡。」

艾莉絲小姐把揹著的皮袋放到櫃檯上，敞開袋口。

蘿蕾雅看到裡面疊著許多蜂巢切片，訝異地說：

「哇，看來是很大的蜂巢耶。半個蜂巢就這麼多了嗎？」

「那當然。店長要我們最多拿半個，而且採集家本來就不應該一次把材料採個精光。」

「因為要是全部拿走，明年以後就沒得採了。」

全部帶回來是可以一次拿到很多蜂蜜，可是會讓大部分腐果蜂沒有食物可吃，最後餓死。

這樣會導致明年以後可以採集的蜂蜜變少，甚至造成其他採集家的困擾。

所以，最多只能採半顆蜂巢。

其他採集資源也是同理。維護資源永續也是採集家的重要任務。

「這些全部都要給我收購，對吧？可是安德烈先生他們怎麼不在？」

「嗯，麻煩妳了。他們——跟凱特一樣肚子不太舒服，直接回旅店了。我倒是沒怎麼樣，是不是帶去的糧食壞掉了……？」

「哦，這樣啊。食物在夏天很容易壞掉，你們還是要小心食物的狀態……嗯？」

肚子不太舒服？

「……安德烈先生他們該不會吃了腐果蜂的蜂蜜吧？」

「嗯，我們有吃一點。真不愧是高級蜂蜜，超好吃的！」

艾莉絲小姐大概是在回想當時嚐到的味道，臉上笑得很開心——

「你們居然吃了這種蜂蜜！妳也有吃嗎？」

「是……是啊。不能吃嗎？是……是不是扛著一屁股債還偷吃高級貨太囂張了？」

看到艾莉絲小姐視線不斷游移，我忍不住站起來說：

「笨蛋！大笨蛋！我才不在乎妳吃高級貨！我的重點不是這個！是腐果蜂的蜂蜜不能吃！它有毒！」

這就是為什麼沒有其他動物跟魔物會想吃腐果蜂的蜂蜜。

腐果蜂這種昆蟲大概就像有些動物專吃其他動物不吃的有毒植物那樣，只採有毒的蜜。

「什麼……？咦？可是店長閣下不是說這是高級蜂蜜嗎……？」

「我說的是高級蜂蜜的『原料』！唉，真受不了你們！你們每一個人分別吃了多少？」

「大……大家應該……都是吃一匙的量。不對，安德烈他們好像吃比較多一點？」

艾莉絲小姐用手指比出的大概分量，讓我鬆了一口氣。

「……只吃這樣還不會致命。只是你們有好一陣子得跟廁所變成好夥伴了。艾莉絲小姐妳沒有怎麼樣嗎？妳應該也有吃吧？」

「啊，嗯，幸好我沒怎麼——唔！」

艾莉絲小姐才準備說自己沒怎麼樣，就忽然一臉嚴肅，皺起眉頭。

同時還傳出「咕嚕嚕嚕……」的低沉聲響。

為了她的形象，我就不說聲音是從哪裡傳出來的了。

「……店長閣下，我可以暫時離席一下嗎？」

「是可以……可是凱特小姐還在裡面吧？」

不知道是不是她很有教養，才沒有明說。

不過，她很快就會沒有餘裕顧慮自己的遣詞用字了。

我目送艾莉絲小姐快步走向住宅空間以後，馬上就聽見「咚咚咚！」的猛烈敲門聲，還有艾莉絲小姐非常急迫的叫喊。

「凱特！妳快點出來！」

「不行。我好一陣子出不去了。」

「別這麼說啦！拜託妳，一下子……一下子就好！」

我偷偷去查看情況，就看到眼前出現一如預料的光景——也就是艾莉絲小姐一隻手摀著肚子，另一隻手瘋狂敲打廁所門的景象。

「抱歉。再等我一下。」

「我等不及啦！我快憋不住了！」

「我也一樣不舒服啊。現在站起來的話……唔！」

「凱特！我都這樣拜託妳了耶！」

「艾莉絲，妳離家的時候不是說我們以後就是地位對等的好夥伴了嗎？既然沒有上下之分，那我就要優先保護自己的尊嚴了！唔唔！」

「唔唔唔……！求求妳啦！」

「妳……妳求我也沒用啊！」

「好吧，那我可以讓步一下！一半，分我一半就好了！摯友就是要有福同享，有難同當啊！」

「只有這個沒辦法跟摯友分享啦！」

艾莉絲小姐似乎真的快憋不住了，敲門的力道比一開始更大，雙腳也彎成內八，人已經有一半是坐在地上。

「珊樂莎小姐，妳能幫艾莉絲小姐想想辦法嗎？不然她太可憐了。」
蘿蕾雅一樣在我旁邊觀察情況，我緩緩搖頭說；
「蘿蕾雅……可是，我也沒辦法隨手變一間廁所出來，而且凱特小姐感覺也很不舒服。」
我實在不忍心要聽起來很難過的凱特小姐馬上離開廁所。
可是，萬一艾莉絲小姐真的在廁所門口洩洪了，也很麻煩……
「我現在應該只能幫這點忙了。」
我從倉庫裡拿出某個東西，動作輕柔地要已經無力繼續敲門的艾莉絲小姐握住它。
「店……店長閣下……」
我對眼中泛淚的艾莉絲小姐露出微笑，並打開通往後院的門。
「麻煩妳到庭院的角落挖個洞吧。」
「可惡！凱特！我絕對不會忘記今天這份恥辱的！」
艾莉絲小姐一喊完這句話，就用我拿給她的鋤頭當成拐杖，前往後院。
她虛弱的腳步感覺隨時都會跌倒……
我決定閉上雙眼悄悄把門關起來，不去看她接下來的狼狽模樣，以幫她保住最後的尊嚴。
——不過，凱特小姐應該沒必要替艾莉絲小姐感到的恥辱負責吧？

◇◇◇

「嗯，蘿蕾雅。這真是一件慘劇呢。」

「是啊，真的很悲慘。」

蘿蕾雅一臉沉痛。

不過，我們說的「悲慘事件」到現在都還在後院持續發生中。

其實只要在做飄浮帳篷之前先做個流動廁所，就能預防這場悲劇了，可是我完全沒料到會發生這種事，也不能怪我沒先做吧？

「安德烈先生他們應該也很難過，可能送幾份藥過去給他們會比較好。尤其放著不管也是有可能出人命。」

蘿蕾雅聽到我用一如往常的語氣這麼說完，就震驚地睜大眼睛說：

「咦？會嗎？珊樂莎小姐，妳剛剛不是才說不會致命……」

「不會因為蜂蜜的毒素致命而已，沒有治療會腹瀉將近兩星期。有辦法多攝取水分跟營養是還撐得下去，但是患者在這段期間會很痛苦，運氣不好的話……就沒命了。」

「那……那不是很危險嗎！那個……用鍊藥就可以治好他們的症狀了嗎？」

「我可以提供直接治好這種腹瀉的鍊藥，只是我有點猶豫該不該用。」

我要連忙起身準備前往倉庫的蘿蕾雅不要著急，接著稍做思考。

「咦！為什麼要猶豫？」

「因為很貴。」

「……啊，說得也是。錢的問題很重要。」

「嗯。他們好不容易才採到蜂蜜，這種鍊藥用下去搞不好會入不敷出。」

我還沒檢查蜂蜜的品質，不過包含安德烈先生他們在內會用到五份鍊藥，靠蜂蜜賺的錢很難湊齊需要的費用。

如果是不用這種鍊藥就一定會死，我就不可能會猶豫了，可是腐果蜂蜂蜜的毒性不至於非用到這麼昂貴的鍊藥不可。

「所以這次我會做專用的解毒藥給他們。這樣會比較便宜。我想想……我要先去採集原料。蘿蕾雅，妳可以一起來幫忙嗎？」

「好！我幫得上忙一定幫！」

我拿起採集用的工具，準備帶著立刻答應幫忙的蘿蕾雅從後門前往森林——然後在踏出腳步之前轉過身，改從店面這一側的門離開。

之後我摀著耳朵不去聽艾莉絲小姐的「聲音」，從房子側面走往後面的森林。

「這種藥的材料很容易找到。只要把森林裡的腐葉土挖開來……啊，找到了。我要找的是這種蟲，牠有點小。妳可以幫我找找看嗎？」

我從土裡挖出約一公分左右的黃綠色長條蟲，放進箱子裡。

這種蟲不罕見，但是我們需要找到五個人用的分量，找起來有點費時。

「我知道了。需要找多少隻？」

「這個尺寸的話，至少要十隻來做一人份的藥……不過，我想多準備一點，找個六十隻左右好了。」

「……這些蟲都會被做成藥，對吧？」

蘿蕾雅馬上就找到了要找的蟲，用一臉難以言喻的表情這麼問我。我回答：「那當然。」

「這種藥的材料費很便宜，可是製程有點麻煩……乾脆偷工減料一點吧。」

「偷工減料？這樣沒關係嗎？效果會不會……變得比較差？」

「不不不，我一個當鍊金術師的人，不會偷工減料到影響效果。只是單純變得比較難喝而已。有效期限也會變得比較短，但反正他們很快就會喝掉了。」

在做好以後的一天之內喝完，就不會影響到效果。

雖然會變得很難喝——應該啦。

我不曾喝過，不知道實際上是怎麼樣的味道。

「那就沒關係了。畢竟大家是沒有聽妳的忠告才會中毒的吧？」

「嗯～我沒有明說『不可以吃』，也不太算他們自己的問題……簡單來說，是他們的知識不夠。其實這也是採集家自己該負的責任，但是看他們這麼難過，還是會覺得很可憐嘛。」

我往房子的方向瞄了一眼，蘿蕾雅也回答「的確」。

而且這次是我建議他們去採蜂蜜的，我也多少有點責任。

這也是我會主動幫他們做鍊藥的原因之一。

我跟蘿蕾雅一邊聊著這些，一邊採集了約三十分鐘以後。

我們一收集好需要的幼蟲數量，就立刻回家著手製造鍊藥。

我把幼蟲倒進有篩孔的箱子，放著等幼蟲排出糞便。

這段等待期間我用來準備其他材料，再用研磨缽磨碎。

「像這樣把它磨碎就好……蘿蕾雅，請幫我磨好嗎？我去看看艾莉絲小姐她們的情況。」

「好，包在我身上！」

磨藥的過程很單調，也比較偏向藥師的工作。

我把這份工作交給很有幹勁的蘿蕾雅處理，前去找艾莉絲小姐跟凱特小姐。

我先詢問到現在都還待在廁所裡不出來的凱特小姐。

「凱特小姐，妳現在還好嗎？」

「老……老實說，我現在難過到快死了。感覺身體裡的東西會全部跑出來……店長小姐，這種狀態會持續多久？」

「這個嘛～要看妳腸胃有多強壯跟當時吃的量，應該兩星期左右吧。」

「兩星期——！不行，會死人啦……」

「我現在正在做治療症狀的藥，妳再撐一下。總之，妳要記得補充水分喔。」

凱特小姐的語氣聽起來像是真的要死了一樣。我把裝著水的杯子拿給她，她就從廁所裡伸出顫抖的手，接過水杯。

「謝謝妳，店長小姐。才剛接受妳的好意又要麻煩妳其實很過意不去，但是妳可以也去看看艾莉絲的情況嗎？」

「嗯，我正準備去她那裡。只是她應該不太想被我看到她現在的樣子。」

「她如果不想被妳看到，妳就跟她說：『我已經連妳肚子裡長什麼樣子都看過了，還有什麼好怕的？』」

「……這麼說來，她一開始被扛來的時候，傷勢的確嚴重到腹部破了一個洞。」

我是不知道這句話能不能化解她不想被人看到的心情，但我是真的看過她更慘的模樣。

而且對醫療人員說自己不想被人看，也無從治療起。

「喝水應該又會繼續腹瀉，不過妳一次喝一點也沒關係，總之一定要好好補充水分。」

「嗯，謝謝妳……唔！」

我跟聲音虛弱的凱特小姐道別之後，便接著前往後院。

我從門口探出頭，張望四周……啊，她在院子角落。

我還是不要描述她現在的模樣好了。這也是為了保護她的形象。

「艾莉絲小姐，妳還好嗎？」

「店……店長閣下！求求妳，不要看我現在的樣子……」

就算她要我不要看，我也不能完全不理她。

因為腹瀉到缺水真的會有生命危險。

「反正已經來不及了。我有拿水過來，妳記得喝點水，一點一點慢慢喝也沒關係。」

「謝謝妳。哈哈……我老是讓店長閣下看到我丟臉的模樣呢。」

「不，應該也不至於……」

沒辦法斷言完全沒這回事，也是有點慘。

不過，我其實還滿喜歡艾莉絲小姐的。

因為她是個徹頭徹尾的好人。

而且她平時看起來帥氣，卻又會不時顯露少根筋的一面。

嗯？好像要反過來才對？

——總之，她就是有這種可愛反差的人。會讓人很想盡可能幫助她。

「我現在正在做治療症狀的鍊藥，妳再撐一段時間就好。」

「謝謝。我一定會報答妳的恩情——唔！店……店長閣下，抱歉——」

「啊～好、好。我先回去了。妳稍微好一點以後，記得進來等我喔。」

「好——唔唔唔！快……快點走——」

我連忙跑往後門，以維護拚死命憋著的艾莉絲小姐的尊嚴。

「啊，珊樂莎小姐，妳回來了啊。她們兩個怎麼樣了？」

「嗯，她們看起來沒什麼精神，不過沒有生命危險。幼蟲這邊……應該好了吧。」

我沖洗這些幼蟲，一起放進研磨缽裡磨碎。

磨碎的聲音滿血腥的，讓蘿蕾雅皺著眉頭撇開了視線。

「唔唔！那個，這真的是藥吧？」

「對啊。」

「而且是要用喝的，對吧？」

「嗯。這是內服藥。畢竟大家是腸胃不舒服。」

「要把這個喝進肚子裡？真的？」

依然不願意直視的蘿蕾雅指著的研磨缽裡面裝著深綠色……不對，是比較偏向濃褐色的液體。

這種液體黏黏稠稠的……之後還會加點水，會再變稀一點點……

「我自己是不想喝這種藥。蘿蕾雅，妳要試試看它的味道嗎？」

「不要！如果沒有偷工減料，它會比較沒有這麼噁心吧？」

「是啊。因為那樣就不會把整隻幼蟲放進去。可是要肢解不到一公分的幼蟲，只拿出要用的部位……不覺得很麻煩嗎？」

「的確，聽起來會弄得很厭世。」

而且還要弄六十隻。這我怎麼受得了。

「反正整隻放進去也不會影響效果嘛～接著加點水，放到鍊金爐裡……」

我把研磨缽裡稍微加水稀釋過後的藥倒進尺寸跟小鍋子差不多的鍊金爐，一邊灌注魔力，一邊輕輕攪拌……

「這樣就做好了！保證很有效還很難喝！」

「嗯，絕對不會有人希望保證很難喝。」

我笑著舉起小鍋子，蘿蕾雅則是有點傻眼地這麼說道。

◇◇◇

「來，妳們的藥做好了～等等……」

我帶著做好的藥去找艾莉絲小姐她們，就看見她們癱軟在桌上，虛弱得雙眼無神。

不對，艾莉絲小姐的眼神好像相對沒那麼虛弱？

只是她的視線裡夾雜著對凱特小姐的怨念。

「……妳們是不是都在這麼短的時間裡變瘦了一點？」

「與其說是變瘦，應該說是變憔悴了。」

大概是因為一口氣流失了不少水分，她們的狀況明顯很差。

完全不見平時的帥氣模樣。

「我把治療症狀的藥做好了，不過……」

「謝……謝謝妳，店長閣下。」

艾莉絲小姐伸出手想拿藥，我刻意把手上的藥拿開。

「店長閣下……？」

我舉高右手的藥瓶，對一臉疑惑地看著我的艾莉絲小姐說：

「我想先請艾莉絲小姐看看這個。這種鍊藥可以讓妳在短短一天內治好中毒症狀，可是會多欠很大一筆錢。」

「這……這樣啊。」

看到艾莉絲小姐點了點頭，我又換拿起左手的藥瓶。

「還有這個。這種藥的效果比較差，但是不會增加妳的負債。來，妳要選哪一個？」

「唔唔唔唔……」

我是不介意她選哪一個……不對，我都特地花時間做了，還是比較希望她挑不能存放太久的藥。論想要賺錢，一定會是希望她用貴的，可是便宜的才不會造成艾莉絲小姐她們的負擔。

「唔唔唔……我……我選便宜的！」

「好。請用。」

艾莉絲小姐大概是在仔細考量現在的經濟狀況跟肚子不舒服的程度，並在煩惱了一陣子之後把手伸向我的左手。

「凱特小姐要選哪一個？」

「……艾莉絲都選便宜的了，我怎麼好意思選貴的。」

凱特小姐有點不甘願地拿了跟艾莉絲小姐一樣的藥瓶。

我對冒著冷汗看著她們兩個的蘿蕾雅說：

「蘿蕾雅，可以幫我裝兩杯水嗎？」

「啊，好！」

目睹製造過程的蘿蕾雅應該很快就理解到我要她準備水的重要性了。

她立刻起身裝來兩杯水，放到艾莉絲小姐她們面前。

「好了，妳們大口喝下去吧。不要多想，也不要多看，一口氣直接喝下去就好。」

「啊，好……呃！這什麼東西！這真的是藥嗎？店長閣下！」

我都特地建議艾莉絲小姐「不要多想」了，她還是小心翼翼地打開瓶蓋，接著被藥瓶裡飄出的臭味刺激到摀著鼻子往後仰。

「艾莉絲小姐，藥基本上都不好喝。妳不可以猶豫。」

因為一旦開始猶豫，就會愈來愈難入口。

「呃，可是平常買的鍊藥味道也沒這麼誇張……」

「因為價格不一樣。凱特小姐也趕快喝吧。」

「呃，好……這真的是藥吧？喝下去真的會有效果對不對？」

「那當然。我不會給妳們沒有效的藥。妳們再拖拖拉拉的不喝，肚子又會開始痛喔。萬一又同時開始肚子痛，這次會換誰去後院呢？」

「那當然是凱特！好吧，喝就喝！我相信店長閣下！」

艾莉絲小姐臉上充滿決心，起身捏住鼻子抬起頭，一口氣把瓶子裡的藥水灌進喉嚨。

「喝……喝下去了……」

雖然蘿蕾雅一臉「真不敢相信！」的表情，可是那真的是有效果的藥啊。只是原料有點噁心而已。

「——唔唔。唔呃！嘔……嘔……」

差點吐出來的艾莉絲小姐努力把瓶子裡的藥水喝光，再以有點像是用砸的力道把瓶子放到桌上，迅速喝下水杯裡所有的水。

不過，不知道是不是一杯水不夠把味道沖乾淨，她甚至把凱特小姐面前的水也拿起來往嘴巴裡灌。

「喝下去了！我喝下去了！」

「「喔喔～」」

我跟蘿蕾雅看到艾莉絲小姐用像是完成了什麼大事一樣的表情舉起水杯，就忍不住一起為她鼓掌——而其實也只是喝完一瓶藥而已。

「再來換凱特小姐了。」

「我……我知道我也一定要喝……那個，蘿蕾雅，可以拜託妳裝水給我嗎？我希望可以裝個三杯或四杯。」

凱特小姐看到艾莉絲小姐把藥喝完，似乎也總算下定了決心，在請蘿蕾雅多裝一點水給她之後，緊張地看著拿在手上的藥瓶，吞了口口水。

「……妳不用擔心，這種藥喝下去不會死。看看艾莉絲小姐就知道了。只是一定很難喝而已。」

「對，雖然超級難喝，但是不會怎麼樣。而且我感覺肚子比較沒那麼不舒服了。」

嗯，那應該是艾莉絲小姐的錯覺。

另一種鍊藥的藥效可能就有這麼快，但是艾莉絲小姐喝的便宜藥水不會在這麼短的時間內產生效果。至少也要等三十分鐘。

「好了，凱特妳也快點喝吧。」

「也……也是。我……我要喝……要喝了……」

凱特小姐雙手緊握藥瓶，再次緊張地吞了一口口水。

然後用泛著淚光的求助眼神仰望著我。

「……店長小姐。這種藥喝了也不會馬上好，對吧？」

「對。一般人應該要一星期才會好。妳們有在鍛鍊身體，說不定會好得比較快。」

「果……果然。艾莉絲，我跟妳應該要有一個人負責照顧還沒康復的人吧？所以負責照顧的人要可以馬上康復才行——」

「啊，凱特小姐。我可以幫忙照顧妳們，反正不會多麻煩。」

「對啊。雖然我不太懂比較專業的知識，但是我也可以幫忙照顧妳們。」

我跟蘿蕾雅一起堵住了依然在死命掙扎的凱特小姐的退路。

艾莉絲小姐都努力把藥喝下去了，怎麼可以只有凱特小姐自己不用受苦呢？

「唔唔！可……可是，那個，艾莉絲。我來負責照顧妳，妳應該也會比較自在吧？對吧？」

艾莉絲小姐對不斷尋求同意的凱特小姐露出淺淺微笑。

就在凱特小姐看到她這道微笑鬆了口氣的瞬間，艾莉絲小姐突然站起來用力抓住凱特小姐的手。

「別囉囉嗦嗦的了，快點喝！妳想白費店長閣下的好意嗎？」

艾莉絲小姐拔開藥瓶的蓋子，手扶著凱特小姐的下巴，逼她抬起頭。

平時在前線揮劍戰鬥的艾莉絲小姐，跟負責在後方支援的凱特小姐。

應該用不著明說，也知道單論力氣會是誰比較強。

「等……等一下！我還沒做好心理準備！」

「妳猶豫的時間用完了！嘴巴張開！」

艾莉絲小姐嘴上要凱特小姐自己張開嘴巴，實際上卻是強行用手逼她張開，再毫不留情地把藥瓶塞進嘴裡。

她不忘捏住凱特小姐的鼻子，就某方面來說可能也是一種仁慈。

「唔嘎！呃唔！咳咳咳！」

凱特小姐喉嚨發出的聲音聽起來有點危險，但是艾莉絲小姐絲毫不理會。

等確定藥瓶的藥水都喝光了，艾莉絲小姐就把藥瓶拿開，再直接用手摀住凱特小姐的嘴巴。

「唔——！唔唔——！」

「喔？怎麼了？妳想要水嗎？妳想喝水是嗎？妳這個貪心鬼！」

臉上疲憊又憔悴的笑容當中摻雜著些許嗜虐神色的艾莉絲小姐緩緩把手放開之後，凱特小姐就立刻抓起水杯接連喝了兩杯，再喝第三杯，並在喝完以後直接趴倒在桌上。

「艾……艾莉絲，妳還在記剛才搶廁所的仇嗎？」

「嗯？我不知道妳在說什麼。我只是趁妳還沒像個小孩子一樣耍賴之前，先逼妳喝下藥水而已。」

「可惡……妳……」

「哈哈哈！——唔！」

艾莉絲小姐的笑聲聽起來的感覺跟語氣完全相反，很難以愉快來形容。途中她突然變得一臉嚴肅，皺起眉頭低聲說：

「我感覺有什麼東西來了。我失陪一下。」

「有什麼東西……？啊，艾莉絲，妳給我站住——唔唔！」

凱特小姐本來想站起來去追艾莉絲小姐，卻在對方傳出跟哀號同時響起的腹部巨響之後立刻坐回椅子上，動也不動。

不久，我聽見了關上門的聲音。

……啊，她去廁所了。

是因為有點太激動，去刺激到腸胃了嗎？

「凱特小姐，請妳再忍耐一下。過差不多一小時就會開始有效果了。到時候就不會一直流失水分，應該可以少跑幾次廁所。」

「謝……謝謝妳，店長小姐。不過，這到底是什麼奇怪的藥？它好苦，腥味也好重。」

「嗯，會是那種味道也不意外。它的原料……我就不明說了。」

凱特小姐聽我故意不講明原料，就一臉不安地看向蘿蕾雅，而蘿蕾雅也只是把視線從凱特小姐身上撇開，小聲說了句：「還是不要知道比較好……」

「……原來如此，看來不要知道這種藥的原料比較好。那我就不問了。要是知道了以後又吐出來，我剛才受的苦都白費了。」

「我給妳們的是真的有效的藥，還請放心。」

「嗯，我相信妳。畢竟艾莉絲也是因為有妳幫忙，才能活下來。」

「我倒覺得有一部分也是艾莉絲小姐運氣很好。」

她當時剛好還來得及治療，我又剛好在店裡，而且店裡還剛好有正常不可能會有的昂貴鍊藥。

只要缺少一種巧合，艾莉絲小姐應該就不在人世了。

「那，我先把藥拿去給安德烈先生他們，蘿蕾雅妳可以做點好消化的東西給凱特小姐她們吃嗎？」

「好。」

「對不起，老是給妳們添麻煩。」

「不會不會，遇到困難就是要互相幫助嘛。何況地獄焰灰熊那次，我自己也是躺在床上動彈不得。」

我對看起來很過意不去的凱特小姐露出微笑，拿著藥瓶站起身。

再來就看安德烈先生他們願不願意喝這種藥……

我連比較貴的藥也一起帶去好了。

◇　◇　◇

艾莉絲小姐她們在大約四天過後完全康復。

不知道是因為她們吃的蜂蜜量很少，還是她們的身體本來就很強壯。

總之，真的是可喜可賀。

所以今天晚餐會開派對慶祝她們康復。

「好吃，好好吃！蘿蕾雅的廚藝真好！」

或許是這幾天都沒辦法吃些普通食物的關係，艾莉絲小姐狼吞虎嚥地吃著桌上的料理。

「艾莉絲，妳應該要先跟店長小姐和蘿蕾雅好好道過謝再吃才對。幸好有妳們幫忙。謝謝妳們。（嚼嚼嚼）」

凱特小姐說是這麼說，卻也不忘動手跟嘴巴吃東西。

而且吃的速度超級快。

「喔，說得也是。」

艾莉絲小姐放下餐具，端正坐姿，接著對我低下頭說：

「店長閣下，這次真的很謝謝妳的幫助。雖然又讓妳一直看到我丟臉的樣子……」

「生病的時候難免嘛。對吧？」

「對啊。我生病的時候也是給媽媽照顧。」

我向蘿蕾雅這麼問之後，蘿蕾雅也面露微笑，同意我的說法。

「蘿蕾雅年紀還小，本來就應該有人照顧。我們是自己不小心才會出事……哈哈哈。如果我們是住旅店，不知道會怎麼樣……」

「是啊。話說，安德烈先生他們沒人照顧沒關係嗎？」

「他們的話，是只有葛雷先生喝比較貴的鍊藥，由他幫忙照顧安德烈先生跟基爾先生。」

「這樣啊。那我就放心了。」

我送藥過去的時候，安德烈先生他們的情況也非常慘烈。我就不描述詳細情況了。而且，他們沒有我跟蘿蕾雅在旁邊照顧。

他們三個在一場激烈的爭奪戰過後，由葛雷先生搶到了喝昂貴鍊藥的權利。

他可以馬上康復，相對的，也需要負責照顧其他兩個人。

安德烈先生跟基爾先生都是喝比較難喝的藥，他們兩個應該今天或明天就會康復了吧？

除非他們太貪吃，多舔了好幾口蜂蜜。

「不過，艾莉絲小姐，凱特小姐。妳們以後不可以隨便把鍊金術的材料吃進嘴裡喔。這次幸好沒有出大事，不然有時候很可能會致命的！」

我豎起指頭對艾莉絲小姐跟凱特小姐訓話，隨後兩人就一起尷尬地壓低視線。

「……這次真的太丟臉了。因為它看起來很好吃，我忍不住想吃吃看。」

「我也以為蜂蜜應該都可以吃。對不起。」

「我懂！看到眼前有甜食，就會忍不住拿起來吃對不對？」

「居然連蘿蕾雅都這麼說……妳也不可以亂吃喔。這間店裡面的東西不管看起來再怎麼不像有毒，都不可以拿起來舔！沾到手上也要記得洗乾淨。」

我神情嚴肅，對艾莉絲小姐、凱特小姐和大力點頭表示了解的蘿蕾雅再三強調。

尤其有些東西真的有可能出人命。

不過，我店裡其實也幾乎沒有外表看起來很好吃的有毒物質，我是沒有很擔心她們誤食。

「嗯，我們這次學到教訓了。以後我看到外表看起來很好吃的東西，也一定會先問問店長閣下。」

「是啊。而且我再也不想到庭院角落上廁所了。」

「哈哈……我也很希望妳們盡量避免再有這樣的經驗。」

對。結果凱特小姐後來還是落得要去後院上廁所的命運。

但也不是艾莉絲小姐故意害她的，畢竟她們剛好同時要跑廁所的話，就一定要有一個人去外面。因為我家只有一間廁所。

而且就算會把院子整理乾淨，我也還是不太希望……院子的角落變成廁所。

「可是，出去採集或在旅行途中的時候，不是也會在外面上廁所嗎？」

「蘿蕾雅，那是因為人在沒有廁所的地方，也沒有生病，才不會介意在外面上廁所。」

「我實在很不想被迫困在房子後院很長一段時間。而且我真的很慶幸這間房子的後院有圍牆擋著。」

嗯，艾莉絲小姐肚子不舒服的第一天真的很可憐。

就算剛好湊齊這裡離村莊中心比較遠、人在後院，還有從外面看不見院子裡面這三種條件，也還是一樣。

換作是我的話，沒有這三種條件保護隱私，搞不好還會考慮永遠離開這個村子。

「如果我有提早做好組裝式流動廁所，就不需要去院子挖洞了。」

「什麼！原來有那種鍊器嗎？」

「對。我昨天才做好。」

「唔！要是當時有這種鍊器就好了！」

「店長小姐……妳為什麼不早點做好……」

「呃，因為我也沒想到會需要用到它嘛。」

《鍊金術大全》第四集裡面還沒做的鍊器不多。

其中大部分是大型的鍊器，而我是考慮到材料跟製作過程比較麻煩，才會留到最後再做。

前幾天做的飄浮帳篷跟這次做好的流動廁所都是其中之一。

這兩種我都沒有打算自己用，所以製作順序就端看我對這些鍊器有多少興趣。

人在家裡就不需要用到的流動廁所並沒有運用到任何有趣的技術，要不是有這次的中毒事件，它應該會是第四集裡最後一個做好的。

我會急著趕工做出來，是因為我看到不只艾莉絲小姐，連凱特小姐都不得不去後院上廁所……只是這也不是一下子就能做好的東西。等做好的時候，她們也用不到了。

「唔唔唔……以後還會不會發生這種事情也很難說，我們是不是應該買個流動廁所？」

「艾莉絲，雖然我也有點沒理由反對妳這個提議，但是也要先看看它實際上長什麼樣子吧？店長小姐，晚點可以帶我們去看看嗎？」

「嗯，當然可以。反正做都做了，流動廁所也跟帳篷一樣拿去店門口展示好了。畢竟這東西對我來說比帳篷還要更沒機會用到。」

「喔，那個帳篷看起來也很棒！在裡面睡覺一定可以睡得很熟。」

「是啊，而且滿多人喜歡的。」

或許是多虧我在採集家們比較有錢的時候把帳篷展示出來，現在已經有兩份訂單了。目前蘿蕾雅正在忙著縫客人要求的尺寸的帳篷。

「有那個帳篷，在外面露營也不用怕睡不好了！凱特，我們——」

「——用不到吧。我們都是當天來回，又不會在外面露營。」

雙眼閃亮的艾莉絲小姐還沒說完，凱特小姐就搖頭否定。

「唔……說得也是。我們來這個村子以後，就沒有在外面採集到需要露營了。」

「能避免露營，那當然是盡量避免比較好。畢竟妳們去的是大樹海。」

這裡——格爾巴．洛哈山麓樹海會被稱作「大樹海」並不是沒有原因，也不是有人故意用裝模作樣的名字稱呼它。就算實力不差，走進沒辦法當天來回的區域還是很容易因為一個粗心大意就喪命。

外行人則是只要往裡面走幾個小時的距離，甚至光是踏入森林裡就容易有生命危險。運氣不好還可能在森林外圍遇上凶猛的魔物。

就像艾莉絲小姐她們遇到地獄焰灰熊。

考慮到大樹海的危險性，就會覺得艾莉絲小姐她們採集都當天來回是非常保險，而且聰明的選擇。因為出了什麼事情都可以直接趕來找我幫忙。

「妳們明天就要繼續出去採集了嗎？」

兩人在聽到蘿蕾雅這麼問之後顯得不太知道怎麼回答，面面相覷。

「這個嘛……雖然我們沒有讓負債變得更多，可是也休息了好一陣子沒賺錢，所以我們也是很想明天就出發……」

「只是我們想保險一點，先花幾天時間復健。畢竟我們康復歸康復，體力還是有變差……」

「啊……這也難怪。光看就看得出妳們變瘦了。」

她們有好幾天都沒怎麼吃東西，還持續腹瀉。

算是意外被迫減肥。

她們兩個跟我們說話的時候也不忘吃東西，像是要彌補這幾天沒吃到的份。但是體力流失並不是吃飽飯好好睡一晚就能輕鬆解決的問題。

「店長閣下，妳有空的話，可以陪我訓練一下嗎？」

「好。反正我自己也需要訓練。只是我沒辦法陪妳練習太久。」

師父之前送我一把很堅韌的劍。

我不想白費師父的好意，所以我在收到這份禮物之後，都會找空檔訓練劍術。

我的本業是鍊金術師，有時候太專心忙鍊金工作，還是會不小心好幾天沒有訓練劍術。不過，時間上剛好可以配合的話，要跟艾莉絲小姐一起訓練幾個小時當然不成問題。

「那，跟妳約明天早上可以嗎？」

「好，可以。下午……我應該會繼續做飄浮板。」

「妳好像在做什麼很大的東西，是那個嗎？」

「嗯。那個簡單來說，應該就像是沒有車輪的貨車。只是它差不多就是簡陋版的飄浮帳篷，沒什麼特別的。」

飄浮板正如其名，是會飄在空中的板子。

就算行經的路面不平，或是載運的貨物很重，都一樣可以只花少少的力氣來移動它——只是它乍看方便，實際上卻是不怎麼好用的鍊器。

因為它要消耗的魔力有點多。

如果用的人像我一樣魔力很多倒還好，一般人要用就需要用魔晶石輔助，而買魔晶石的錢又不如拿去僱用搬運人手。

雖然很方便搬運會占空間或容易壞的東西，可是派得上用場的時機很有限，飄浮板本身也不便宜。

所以它真的不是足以取代載貨馬車的鍊器。

「這個大概也會堆在倉庫裡積灰塵吧。就算想借給達爾納先生用，他應該也沒有足夠的魔力用它。」

「畢竟爸爸本來魔力就沒有很多——啊，對了，珊樂莎小姐，艾琳小姐說等妳忙完一個段落之後，想找時間跟妳談一談。」

「艾琳小姐？她會想找我談什麼……？」

她說出忽然想起來的這件事，讓我感到疑惑。

蘿蕾雅不像我有點總是窩在室內的傾向，常常會需要出門買食材，而艾琳小姐似乎就是在她出去添購食材的時候託她轉告我。

不過，村長的女兒艾琳小姐會想找我談談，感覺很有可能是什麼麻煩事。

「說……說不定是想針對冷卻帽子讓我們村子有錢賺這件事跟妳道謝啊。謝謝妳常常幫助大家之類的？」

蘿蕾雅大概是發現到我表情有點凝重，提出了比較樂觀的可能性。但是……

「可是，如果單純是要道謝，應該不會說『要等我忙完一個段落』吧？畢竟艾莉絲小姐她們身體不舒服的時候，也沒有影響到我開店啊。」

「……說得也是。」

蘿蕾雅或許也知道自己設想的理由有點缺乏說服力，嘆著氣同意我的看法。

「話說，這種小村子一般很少有像艾琳小姐那麼精明的人呢。」

「嗯。她應該有能力管理更大的村莊，甚至是城鎮。」

「畢竟村長只是對外代表村莊，實際上村子的事情都是艾琳小姐在處理。」

「的確～真希望不會是什麼麻煩事。」

雖然好像不太可能只是小事。

「……總之，等艾琳小姐過來，再仔細想想看吧。先不管了、先不管了。」

而且蘿蕾雅特地做了一桌好吃的料理給我們吃。

不抱著好心情吃下肚，就太可惜了。

我吐了一口氣，轉換心情，決定現在先專心享受眼前的美食。

◇◇◇

「哈！喝！」

「唔！嘿！唔！」

隔天早上，我跟艾莉絲小姐趁天氣還不會很熱的時段練習劍術。

單論劍術是我的技巧比較好，不過論基礎體力的話，就是身材比我高大的艾莉絲小姐比較厲害了。

只是實際交手的時候，能利用體能強化的我還是相當有優勢。

因為我可以把力氣跟速度強化到比艾莉絲小姐還要強，當然會占上風。

而且實戰我可以用師父送的上等好劍跟我自己的魔法，所以根本無從比較。

「有破綻！」

「唔唔！」

我把劍往上揮，彈開了艾莉絲小姐手上的劍。

匡啷——艾莉絲小姐的視線轉往掉在地上的劍那一瞬間，我立刻施展一記戳擊，讓艾莉絲小姐短暫停下動作，在一次大口嘆息之後放鬆力氣。

「唉……果然還是贏不過店長閣下。」

「看來體力跟力氣都有點變差了。妳現在動作不夠俐落，而且一星期以前的妳應該不至於弄掉手上的劍。」

以學校的劍術課標準來說，艾莉絲小姐的技術算中等偏上。

絕對不算弱，卻也不及劍術是全年級第一的我。

如果要用一般人的標準來形容我的劍術等級……不知道會差不多跟誰一樣強？

我贏不過學校老師，還會被師父輕鬆接下每一次攻擊。

我大概不會輸給普通的盜賊，卻也不至於比每天都在訓練的士兵還要強。應該吧。

畢竟這種技術類的事情也沒辦法寫成明確的數字。

我也不曾參加王都舉辦的鬥技大會。

雖然冠軍獎金很吸引人，可是我不認為自己能拿下冠軍，而且要是不小心受傷不能上學，就本末倒置了。

假如我拿不到鍊金術師執照，存再多錢也沒意義。

「看來有安排復健期間是對的。希望能過幾天就恢復到可以開工……」

「妳還很年輕，應該很快就會恢復了。還是妳要用可以提早復健好的鍊藥？」

「不了，我很感謝妳的好意，可是把錢用在縮短復健期間上太浪費了。凱特，妳呢？」

「我的體力也明顯變差了。拉弓的力道也有變小。」
凱特小姐甩起剛才對著標靶拉弓的手，搖了搖頭。
在別人眼裡看來是跟以往一樣神準，但她自己似乎有清楚感覺到技巧退步。
畢竟她吃壞肚子病倒了好幾天，不可能完全沒有退步。
不如說，或許就是她平常有在好好鍛練，才能在康復的隔天就這麼身手矯健？
「那，今天就不要做太激烈的訓練，先以復健運動為主吧。」
「嗯，好。只是店長閣下可能會覺得很無聊。」
「這妳就不用在意了。反正我是鍊金術師——可是我為什麼還要這麼認真練劍？」
太不可思議了。
我以前學劍術只是要拿獎勵金而已。
「這大概就是妳的師父太偉大帶來的壞處……不對，應該算是好處。」
「好處……她的確是送了我一把很好的劍，還幫我訓練。」
「而且店長小姐的劍術幫了我們跟這裡的村民不少忙。也是因為有妳在，這個村子現在才能這麼和平。」
「被妳們這樣一說，我就不得不認真練習自己的劍術了耶……」
只要還住在這個村子裡，就不能保證一定不會再發生像上次那樣的大事。

再加上我現在已經沒有拋棄村民們的選項，遇到麻煩事鐵定會需要親自處理。

「我們都很信賴妳喔，店長閣下。妳是我們生活中很值得信任的夥伴，也是值得信任的劍術師父。」

「其實我的劍術也還沒有厲害到能當別人的師父。」

技巧不夠純熟的我要當「師父」，實在太不自量力了。

我抱著這樣的想法跟對我展開攻勢的艾莉絲小姐交鋒，一起訓練到接近中午時分。

◇◇◇

艾琳小姐就像是看準我什麼時候會閒下來一樣，在當天中午吃完午餐之後來到我店裡。

是比在我處理鍊金作業的時候來好多了，但她挑艾莉絲小姐她們康復的隔天過來，應該是故意的吧。

因為感覺不是能馬上談完的事情，我帶她到餐廳裡坐下來談。

雖然自家餐廳不算適合接待客人的地方，還是先請她忍耐一下吧。

畢竟我家這麼小，沒有會客廳。

蘿蕾雅現在在顧店，在場的只有我、艾琳小姐，還有艾莉絲小姐跟凱特小姐四個人。

「珊樂莎小姐，謝謝妳今天撥空聽我談要事。」
「不會，我不介意……妳想找我談什麼事情？」
「嗯。這件事其實有點難以啟齒——我想委託一份工作給各位。」
「工作？既然妳說的是『各位』，而不是只委託我，也包括艾莉絲小姐她們，那應該就不是跟鍊金術有關的事情了吧？」
「對。我也有委託安德烈先生他們幾位。他們的回答是妳們也接下這份委託的話，就願意接。」
安德烈先生他們跟艾莉絲小姐她們這兩組團隊，在這個村子裡算是相對厲害的採集家。
會想委託他們的工作……果然是很麻煩的事情吧。
「老實說，我很想拒絕。」
「別這麼說嘛，妳要不要先聽聽詳情，再來考慮看看？」
感覺聽完詳情會更難拒絕，我不是很想聽耶。
我如此心想，面露難色。這時凱特小姐露出苦笑，嘗試說服我：
「好啦好啦，店長小姐，妳想想看。妳現在住在這個村子裡，就算回絕代替村長處理事務的艾琳小姐提出的委託，也還是會受到影響吧？我覺得妳可能只能死心了。」
「……是會影響到整個村子的事情嗎？」

「就是會影響到整個村子的事情。」

我提出疑問以後，艾琳小姐也一樣面露苦笑地肯定我的猜測。

我雙手環胸，閉上眼睛一段時間。

「…………好。是什麼樣的委託？」

我決定放棄掙扎，聆聽詳情。

前陣子發生的地獄焰灰熊狂襲——

在村民跟採集家的協助之下，整起事件才總算在不造成嚴重損害之下順利落幕，但至今還不知道它發生的原因。

就算能從以往的案例來推測原因，卻也不是百分之百確定，因此當然會需要調查它為什麼會發生。

村長也了解這一點，所以向領主回報了整件事的來龍去脈，也要求領主派人調查。

雖然領主沒有在發生狂襲的時候提供支援，但當時本來就不可能及時趕到，也不能怪領主。不過，村長還是很期待領主至少會派人來做事後調查。

可是領主在一段時間過後傳來的回覆卻是「沒有受到損害就不用調查。稅金的金額跟以往一樣」。

不只沒有發慰問金，甚至沒有派士兵過來查看情況，也不打算調查狂襲的發生原因。聽說領主還在信上寫了類似「你們應該靠地獄焰灰熊的材料賺了不少錢吧？有賺錢就要繳更多稅喔」這樣的話。

艾琳小姐講完詳情之後，艾莉絲小姐明顯表達憤怒。

她用力敲打桌面，大喊：

「他什麼意思啊！店長閣下當初還努力保護村子到累倒在床上好幾天耶！」

「啊，沒有，我會躺在床上起不來只是一時不小心失手……」

地獄焰灰熊的確是我當時得躺在床上好幾天的原因，不過那其實是我自己的問題。

所以我希望大家可以不要太常提到這件事。

我會覺得很丟臉。

「那還是一樣啊！領主本來就有責任保護領地裡的居民。他根本沒盡到自己的責任！」

感覺已經不對領主懷抱期望的艾琳小姐嘆了口氣，對火冒三丈的艾莉絲小姐說：

「如果這裡的領主是盡責的領主當然很好，但很可惜他不是。他就只有收稅金收得特別賣力。」

「我對這方面不是很熟，這裡的領主是誰？」

「這附近……我們約克村跟南斯托拉格是屬於吾黜從男爵的領地。他是很會賺錢的貴族。」

「看來他就算會賺錢，也不會想把錢花在領地的人民身上！」

「原來如此……」

我對他不熟，不太清楚他大概有多少治理能力，但應該光是南斯托拉格也在他的領地範圍之內，就能賺上不少錢。

從這點來看，就會覺得他想直接不理會村子的問題，省去派士兵來約克村這種小村子的時間跟成本，倒也不算奇怪。

雖然住在村子裡的人會感覺不被重視，可是派好幾個士兵去大樹海深處調查的成本，大概會比這個村子上繳的稅金還多。

因為大樹海深處就是危險到需要消耗大量資源才能進去的地方。

「總之，我知道那個吾黜從男爵是個無能領主了。那，艾琳小姐想委託我們什麼工作？——只是我也大概猜到是什麼了。」

「我想也是，都講這麼明白了。對，我希望妳們幫忙調查引發地獄焰灰熊狂襲的原因。」

「果然沒猜錯。唔～……」

我不太忍心看艾琳小姐找不到人幫忙，可是這再怎麼說都不是鍊金術師的工作吧？至少是不包含在學校可以學到的工作裡面。

尤其小村落的鍊金術師本來就要身兼醫職，有時候甚至要運用自己的豐富知識幫村民們解惑。

我很想避免自己要負責做更多事情，弄得像可以一手包辦所有疑難雜症一樣……

艾琳小姐看我這麼遲疑，就轉頭看往艾莉絲小姐。

「那兩位願意接下這份委託嗎？」

「這個嘛～我個人是很想幫忙……」

艾莉絲小姐也沒有回答得很肯定，並轉過頭看向凱特小姐。

注意到她這道視線的凱特小姐先是稍做思考，才開口說：

「艾琳小姐，既然是委託，那應該會有酬勞可以領吧？」

「對，當然有。金額會按各位耗費的天數決定。我會努力湊出各位每天賺的錢的兩倍價，再乘以天數。」

因為一定得在大樹海裡面過夜，給這種價碼並不奇怪。

雖然考慮到大樹海的危險性，酬勞可能還是太低了。

只是艾莉絲小姐她們在這個村子裡算比較會賺錢的採集家，以村子的財務狀況來說，應該也頂多勉強出到這個價錢。

「可以的話，我會希望各位在一星期內回來。因為我們也沒辦法籌出太多錢……」

艾琳小姐有點過意不去地補充這個條件。艾莉絲小姐大力點頭，說：

「嗯。我可以接這份委託，凱特妳呢？」

「我也可以。不過，我的前提是店長小姐也願意接這份委託。我們的實力不夠在沒有她在的情況下進去大樹海深處。而且地獄焰灰熊之前是被趕出勢力範圍，才會跑來攻擊村子的吧？也就是說，我們很可能在裡面遇到比地獄焰灰熊更強的敵人。」

「也是。如果只有一隻，搞不好還有辦法甩開牠逃回來……」

無法預測會是什麼樣的敵人讓艾莉絲小姐無法斷定一定能甩開，隨後就將雙手交叉在胸前，開始煩惱起來。

「艾琳小姐，妳要怎麼支付店長小姐的酬勞？老實說，我不認為這個村子能夠支付足以請得動店長小姐幫忙的酬勞。」

凱特小姐偷偷瞄了我一眼，我也不禁露出苦笑。

的確，她提供的酬勞並不怎麼吸引我。

而且我提供了很多現金給這個村子，大概猜得出村子的預算最高到什麼程度。找蘿蕾雅哭著求我幫忙，反而還比拚命籌錢湊出我的酬勞有效。

當然，用這種方法求我幫忙一定會讓我跟艾琳小姐之間留下一個大疙瘩。

「嗯，我也有考慮到這一點。我想提供『藥草田跟負責管理藥草田的人力』給珊樂莎小姐當酬勞，妳覺得怎麼樣？」

「藥草田……？」

真不愧是實質上的村長，她的提議完全出乎我的意料。

簡單來說，就是要給我一片跟村子裡一般農家差不多大的農田。

位置會選在我家旁邊，以後只要我還待在這個村子裡，就會持續提供這片農田跟種田的人力給我。

我這段時間忙著處理很多事情，導致被地獄焰灰熊破壞殆盡的藥草田到現在都還沒恢復原樣。所以，艾琳小姐這個提議相當吸引我。她不知道是不是看我陷入沉思，就感覺到我對這個方案有點興趣，又接著面帶笑容豎起兩根指頭。

「不過，我有兩個條件。第一，我能提供的人力不熟悉藥草的相關知識，會需要妳傳授藥草的培育方法；第二，我希望收成的時候，栽培人員能分到兩成的藥草。可以嗎？」

哦，艾琳小姐果然厲害。

她準備了我跟村子雙方都有好處的酬勞。

這個村子能提供的資源不算多，虧她有辦法想出這種點子。

凱特小姐似乎也有點驚訝，語氣佩服地說：

「……原來如此，妳想得滿周到的。」

「嗯？什麼意思？」

「意思就是能用農田跟人力換到栽培藥草的知識，是非常值得的一件事。因為村民以後就可以靠自己多種幾片藥草田了。」

農民沒有普遍栽種藥草的原因很多，不過這個村子很接近藥草能夠自然生長的區域，栽種環境本身並不是問題。

而藥草當然不是只要克服環境問題，就能輕輕鬆鬆栽種出來的東西。但其他問題大多靠自身努力就能解決，不需要特地用到魔法。

而且秤重賣的藥草單價很高，就算扣掉從很遠的鄉下送去需求地的運費，也很可能有夠多的盈餘讓藥草產業成形。

不過，其中還是有其他問題存在。

「艾琳小姐，我話先說在前頭，大多數藥草都要先經過處理，才可以長期存放。我沒辦法把時間全花在幫你們處理藥草上，而且萬一哪天這個村子沒有鍊金術師了，藥草產業就會瞬間瓦解喔。」

「嗯，這我也有考慮到。我不打算把種藥草當成村子的主要產業，假設真的要，也會只栽培存放時間比較久的藥草。」

唔～既然這樣，應該就沒關係了吧？

如果是從頭開始慢慢經營，會比較方便視狀況改變經營方針。就算栽培得不順利，我也負擔得起幫我栽培藥草的人的薪水。

要是她決定把資金一口氣投資在藥草上面，卻會在某一天突然毀了全村的生計，我也會良心不安。

我個人覺得只把農家的農田一小角用來種藥草會比較剛好。

艾琳小姐在我有點煩惱的時候，小心翼翼地再提了另一個要求。

「——我其實也希望妳傳授簡單到連外行人都做得來的藥草存放措施。只是我也知道提這麼多要求很厚臉皮。」

「這……我想想，雖然不能『連外行人都做得來』，但我可以教『不是鍊金術師也做得來的方法』。前提是妳找來的人手願意認真學。」

「謝謝妳！那意思就是妳願意接我這份委託了，對吧！」

「唔……應該……是吧。」

艾琳小姐笑著握起我的手，我先是低聲遲疑了一下，才同意她的說法。

雖然好像有點被她牽著鼻子走，但是這次幫忙，應該也還算是幫助鄰里吧。畢竟這裡不像大都市，最好跟當地居民保持良好關係。

「不過，我們應該還要一段時間才能出發。因為艾莉絲小姐、凱特小姐跟安德烈先生他們大概都還沒恢復到原本的狀態。」

「好，沒問題。就再麻煩各位了。」

艾琳小姐對我露出微笑，深深低頭致意。

Management of Novice Alchemist
No money...?

Episode2

The Investigation

調査

花了五天時間等艾莉絲小姐等人恢復原本狀態之後。

我們「菜鳥調查隊」的六名成員走進了大樹海。

「珊樂莎，走這個方向對嗎？」

「嗯，沒問題。大概吧。」

我們在調查這方面都是「菜鳥」，沒有任何人有追蹤地獄焰灰熊蹤跡的技術，而且隔這麼久才來找，也不可能找得到什麼線索。

於是，我們選擇來調查地獄焰灰熊的棲息地。

我在艾莉絲小姐他們復健的期間藉著師父的管道弄來跟大樹海有關的書，找到了牠們棲息地的確切地點。

我原本就知道大概的位置，可是大樹海的深處並沒有安全到只靠著不夠確定的情報進去，還能平安無事。

就連資深採集家都可能會因為一時粗心大意，不小心送命。大樹海就是這麼危險的地方。

所以，事先收集情報跟做好萬全準備非常重要。

「你們最遠是走到大樹海的哪裡？」

「我們沒有走很遠——畢竟我們每天都會回到店長閣下的店裡，差不多就是能在日落之前來回的範圍。」
「是啊。再加上還要花時間採集，所以我們都在很外圍的地方。」
我想也是。而且她們至少自從在我家住下來以後，就天天都會回來村子，應該最遠到離我家幾小時路程的地方？
「我們會走到更裡面一點。偶爾還會在森林裡過夜。對吧？」
安德烈先生徵求葛雷先生跟基爾先生的同意，卻只見他們兩人馬上搖了搖頭。
「大多時候還是不會在森林裡過夜啊。我們跟艾莉絲姑娘她們差不了多少好不好。」
「安德烈，不要故意講得很浮誇。」
兩人輕拍安德烈先生的肩膀，隨後他就羞紅著臉大喊：
「唔……有什麼關係嘛，講得好聽一點又不會怎麼樣！」
「好啦好啦，別生氣。畢竟多少有過幾次經驗也會有差。而且我也得仰賴你們資深採集家的經驗。」
尤其我只有在學校的實習課才曾經到森林裡露營，幾乎沒什麼經驗。
安德烈先生聽到我這麼說，就略顯尷尬地抓了抓頭。
「啊，好。只是我們的『資深』，也只是跟比較沒實力的比起來相對資深而已……」

安德烈先生他們在村子裡的採集家之中算是相對厲害，但是收集來的材料種類都沒什麼變化。從他們沒有主動去採集冰牙蝙蝠的牙齒這一點來看，就能知道他們嚴重缺乏鍊金材料的相關知識。

不過，這也不能怪他們。

安德烈先生他們的上一個世代，也就是村子裡還有鍊金術師在的那段時期的採集家似乎會進去森林深處採集昂貴的鍊金材料，可是附近沒有鍊金術師的話，能賣的材料也很有限。

這使得願意冒險進去森林深處的採集家變少，也導致資深採集家的知識沒有傳承給安德烈先生他們這一個世代。

「關於鍊金材料的知識……我想想，反正剛好有這個機會，我就順便告訴你們哪些材料可以賣比較多錢吧。順利的話，輕輕鬆鬆就可以賺到你們現在收入至少兩倍的錢喔。」

「喔，那真是太好了。麻煩妳了！」

「包在我身上吧。」

我對笑得很開心的安德烈先生等人點點頭，豎起拇指。

於是，我就這麼沿路替大家做各種解說——不過，我們跟目的地的距離卻沒有縮短多少。會這樣是因為——

「是……是納斯納奇黏菌！這種黏菌很罕見，太幸運了！」

我小心取下石頭上的亮綠色黏菌，放進瓶子裡。

我怎麼可能放過這種好東西。

「有小魯塔菇！這種香菇不仔細看很容易沒注意到，你們也要多留意一點喔。」

我用鑷子夾走長在倒木裂縫裡的淡黃色小香菇，只留下一半。這種香菇一株只有一公分，不小心壓壞掉還會變得毫無價值，所以我非常謹慎地一株一株慢慢放進箱子裡。

「這種青苔叫做藍粉。它平常是綠色的，只有這個季節會灑出藍色粉末，會很值錢。」

它的粉末很重要，於是我刻意屏住呼吸，用小刀刮下來放進皮袋裡。

「哎呀～真不愧是大樹海！這裡真是鍊金材料的寶庫耶！這下你們的收入要暴增到三倍都不是問題了，安德烈先生。」

「能知道可以多賺很多錢是很好啦……可是我們不去調查地獄焰灰熊狂襲的原因了嗎？」

「……啊。說得也是，調查才是我們來這趟的主要目的。這裡太多珍貴的材料，不小心收集得太入迷了。嘿嘿。」

我聽到安德烈先生有點傻眼地聳了聳肩這麼說，才想起我們該做的正事，笑著敷衍掉這份尷尬。

可是，這裡收集得到的鍊金材料種類，也的確豐富到可以做出各式各樣的鍊藥跟鍊器。我有點了解師父為什麼會推薦我來這裡了。

如果採集家不怎麼帶這裡的材料來給我收購，我乾脆再自己來採集好了。

「話說，珊樂莎妳收集的材料全部都是我們不知道的東西啊。我們該不會錯過了很多賺錢的好機會吧？」

「這也沒辦法，誰叫我們知道得不夠多。是我們不夠上進。」

「我們兩個也一樣。店長閣下，妳前幾天看的那本跟大樹海有關的書裡面有寫這些材料的詳細資料嗎？」

「對，有些材料書上有提到。我也是先透過那本書知道這裡大概有什麼東西，才會特別留意一些不好找的材料。」

先不論很容易看見的藍粉跟納斯納奇黏菌，像小魯塔菇這種材料就很難在路上走的時候留意到，除非抱著「這附近可能有這種材料」的想法在找。

不過，我們現在最重要的目的是前往地獄焰灰熊的棲息地——雖然我一時忘了這件事。這趟行程的目的並不是悠哉探索大樹海。

「原來如此。店長小姐，下次可以借我們看看那本書嗎？」

「當然沒問題，借的人是你們，我也比較放心。畢竟我是專門收購材料的鍊金術師，也很樂見採集家帶更多種材料給我。如果可以，我會很希望你們順便把書上的知識推廣給其他採集家……但是應該很難吧？」

「因為書很值錢嘛。不能隨便亂借給別人。」

「這也是原因之一，不過最主要是那本書上只有寫材料的名字，沒有寫材料的特徵跟需要留意什麼，所以對書上材料很陌生的人去看那本書也沒有意義。」

書上有寫「這附近可以採到小魯塔菇」，可是對小魯塔菇一無所知的話，根本就找不到它長在哪裡，就算真的找到了，也會因為不知道採集的時候要留意什麼，一個不小心就會害辛苦採來的材料變成不值錢的垃圾。

艾莉絲小姐他們還能親自來問我，其他採集家就很難了。

也就是說，如果要把書上的知識推廣給其他人，就必須同時把跟採集物有關的各種詳細資料一起傳授給對方，而這個過程並不簡單。

因為這就等於要把我在鍊金術學校學到的知識傳授給採集家。

至少絕對不是能趁著開店空檔做的事情。

「而且有些人見錢眼開又只帶著半吊子的知識進來森林深處一定會送命，所以也不能隨便亂教。」

「看來森林的深處應該是真的很危險？」

「嗯，那當然。舉例來說——」

我迅速拔劍，往凱特小姐的臉旁邊揮過去。

咻！唰。啪！

比我的手瘦一圈的蛇被砍得身首異處，掉落地面。

凱特小姐睜大眼睛看著一邊噴血一邊扭動的蛇，語氣驚恐地說：

「是……是什麼時候爬過來的……」

「這裡有很多蛇。我看這些蛇不會靠過來才不理牠們，但是這隻就在凱特小姐旁邊。這種蛇也可以當鍊金材料，我要帶回去。順帶一提，被這種蛇咬到會死掉，你們要小心一點。」

我把不再噴血的蛇屍體裝進皮袋裡面之後，看著我這一連串舉動的安德烈先生就疑惑地對我說：

「咦？等等，妳說得好像只是小事情一樣，但是這附近原來有很多蛇嗎？」

「應該算多吧？你們別怕，這些蛇是動物不是魔物，只要我們不主動挑釁，就不太會攻擊我們。」

也因為這樣，我不用魔法就沒辦法輕鬆找出蛇都躲在哪裡。

只是這種蛇用途不多，不需要特地獵一堆回去。

「……萬一被咬到了，該怎麼辦？」

「就當作自己倒楣，放棄掙扎吧。」

我立刻這麼回答語氣緊張的艾莉絲小姐，讓基爾先生他們也怕得皺起眉頭。

「真的假的？真的不能太小看大樹海耶。」

「你們在我店裡買好專用的解毒藥再來就好。被咬到以後有幾分鐘時間可以治療。」

「妳的意思應該不是喝了藥才有可以治療的那幾分鐘吧？應該喝下去就可以解毒了吧？」

「…………（微笑）」

「呃……不會吧！」

「我開玩笑的。喝專用的解毒藥可以徹底解毒。只是用到別種解毒藥會沒有效果，所以你們需要知道自己是被哪種蛇咬到。」

其實也存在能夠治療大多數中毒症狀的鍊藥，但當然很貴。貴到會讓人不敢隨手拿來用。

「那真的要很熟這些蛇才行。這也是知識不充足的其中一種風險，對吧？」

「沒錯。對了，牠們的牙齒咬不穿柔軟手套，所以我建議如果真的被攻擊了，可以先用手擋著。」

「喂，安德烈！快把柔軟手套拿出來！」

「好！」

安德烈先生一聽到我的建議，就立刻放下行李，從裡面拿出柔軟手套給葛雷先生跟基爾先生。

至於艾莉絲小姐她們則是平時就習慣套在手上，不需要特地拿出來。

「啊，蛇的毒素來自上顎的牙齒，用手擋的時候記得擋上顎。不過最好還是在被咬之前先抓住頭。」

「這……聽起來滿困難的……沒有其他方法嗎？像是可以避開蛇的鍊器之類的。」

「也不是沒有那種鍊器，但一般還是穿戴像柔軟手套那樣不會被蛇咬破的防具比較好。這樣不只比較省成本，遇到其他危險的時候也比較安全。」

——我跟大家講解鍊金材料的知識跟如何面對威脅的時候已經接近日落，便決定找一片相對寬敞的地方露營。

我這次帶來的露營用鍊器主要有兩種。

一個是前幾天做好的飄浮帳篷，另一個是小型魔導爐。

驅蟲的鍊器安德烈先生他們有，帳篷也有一樣的功能，所以不需要帶。感應危險生物靠近跟照明也都能用魔法解決，沒有另外準備工具。

我攤開飄浮帳篷，打算先準備好睡覺的地方時，安德烈先生他們就很好奇地過來圍觀。

「哦～這就是妳展示的那種帳篷啊。很多採集家都在討論這個呢。」

「安德烈先生你們是第一次看到嗎？現在我店裡有在賣，你們可以考慮看看。」
「這種帳篷用過一次就會很想買。」
「對啊。睡起來真的很舒服。」
「有這麼厲害？……我可以進去體驗一下嗎？」
「當然，請進。」
我打開帳篷入口，隨後安德烈先生他們就膽戰心驚地走進裡面。三人一躺平，就同時發表起自己的感想。
「這……這軟得恰到好處耶！」
「太神奇了！睡起來超舒服的！」
「比旅店的床還要舒服。而且好涼快……」
「對吧？要不要買一頂呢？」
我是不保證睡起來一定舒服——不過，適當的下陷觸感也能讓人睡得很安穩。冬天鋪一條毯子，夏天鋪一塊涼蓆，一定可以在裡面一夜好眠。
「可是，這種帳篷這麼厲害，應該很貴吧？」
「嗯，算有點貴。而且額外增加一些功能也要加錢。」
這個帳篷有驅蟲跟空調功能，但如果是不會用魔法的人，也可以考慮加上通知有危險生物靠近的警報功能，或是照明之類的方便功能。

我跟離開帳篷的安德烈先生他們解說每種尺寸的帳篷加上哪些功能大概是多少錢之後，他們就雙手抱胸，開始煩惱該不該買。

「唔唔……現在的存款也不是買不起……」

「可是這個鍊器這麼厲害，價錢算合理吧。」

「嗯。有這個帳篷的話，我們採集到要在外面過夜也會更舒適——嗯？不對，等一下。我們根本就不會採集到需要露營吧？」

葛雷先生這句話讓其他兩人也倒抽一口氣，一同看向我。

「你們發現到根本沒什麼機會用到了啊。」

嗯，其實大多數暫住在村子裡的採集家都不需要這種鍊器。

反而是當行商的格雷茲先生跟達爾納先生比較有可能用到。

不過，達爾納先生很偶爾才會去南斯托拉格補貨，使用頻率不高；而應該會常常用到的格雷茲先生也是不久前才送「豐穰」給父母當禮物，應該沒有多餘的錢買飄浮帳篷。

「珊樂莎，這樣不會有人來抱怨嗎？雖然我不認為妳會強迫推銷大家買東西……」

安德烈先生詢問買了飄浮帳篷的人會不會覺得受騙上當，我回答：

「嗯，我當然不會強迫推銷。只是買下來卻不怎麼用會很浪費，也可能會有人覺得白白花了一筆錢……這也是我希望更多人知道森林深處有什麼採集物的原因之一。」
採集家到森林深處採集可以賺更多錢，我也可以收購到更多種材料。
而且有時候需要在外過夜的話，不只會有人願意買飄浮帳篷，一些可以讓露營更方便的鍊器也會有人買。
原本應該是讓我跟採集家雙贏的好事……
「但問題就在於需要拿捏好推廣出去的情報、採集家的實力跟知識，是嗎？」
「對。」
「尤其其他採集家不能像我跟艾莉絲一樣，直接問店長小姐。」
順帶一提，採集家一般都是從前輩身上學到這些經驗跟知識。
只是這個村子的採集家就像我之前說的，有一段沒有世代傳承的空白期間。
「所以，我其實很期待安德烈先生你們這樣的資深採集家幫忙喔。」
我一說完，他們就傷腦筋地皺起了眉頭。
「我們嗎……我們也有從前輩身上學到一點皮毛，可是當時還沒有實力走到大樹海的深處。」
「對啊。我們也只是聽前輩講了一些經驗而已。」
也就是說，安德烈先生他們沒有做過實地訓練。

「總之，也只能努力看看了。畢竟我們一樣是一路被前輩教來的。」

「嗯，就再麻煩你們了。我也會提供知識方面的協助。」

希望這次委託也可以讓他們多少累積一些經驗。

這天的晚餐是用乾燥蔬菜跟肉乾煮的湯，還有烤得比較硬的麵包。

水能用魔法製造在這種時候就很方便，能少帶很多行李。

問題在於製造出來的水不算好喝，但至少可以正常飲用，倒不成問題。

「我好久沒這樣吃了。」

我不禁脫口說出的這句話，讓基爾先生提起一邊眉毛，問：

「珊樂莎，妳說好久沒吃，意思是妳之前吃過這種簡單的食物嗎？」

「是啊，以前滿常吃的。」

「嗯？是嗎？我還以為店長閣下常常在吃好吃的東西。」

「說來也是有點害臊，其實我在狄拉露女士的餐廳開始會人擠人以後那段時間，都是這樣簡單吃一吃而已。只有麵包是普通的麵包。」

「什麼？真的嗎？」

「對。後來是蘿蕾雅看不下去，才來幫我煮飯。」

我是在重建被地獄焰灰熊摧毀的廚房，安裝好魔導爐之後，才開始像艾莉絲小姐說的那樣常常在吃好吃的東西。

雖然蘿蕾雅在那之前就常常幫我買東西，或是帶些吃的給我，但自從她會天天來我這裡煮飯，我就總是有好吃的可以吃。真的很感謝有她在。

「哦，原來妳不太會煮飯嗎？」

「不，也不是不太會煮。只是也說不上很擅長，而且我比較想把浪費在煮飯的時間用在鍊金術上。」

「嗯。不努力到不惜犧牲其他事情的話，也很難在妳這個年紀開店吧。」

「……呃，應該吧？」

我用有點含糊的語氣回應得出這個結論的葛雷先生。

我是曾經犧牲很多事情努力把成績維持在前幾名，還有讓自己成功拿到鍊金術師的執照，不過會自己開店就不知道該說是「各種巧合使然」，還是「意外」了。畢竟會自己開店的原因比較特殊，我不太能肯定他的說法是對的。

「話說回來，晚上站崗要怎麼安排？總共三次，每次兩個人站崗可以嗎？」

「我會用魔法自動偵測危險，不用輪流站崗也沒關係。」

「魔法啊……我也不是不信任妳，可是……」

「不放心的話，我也不反對派人在外面看著。」
安德烈先生他們這樣的資深採集家難免會想求保險起見。
不過，艾莉絲小姐則是立刻搖搖頭說：
「不，我要相信店長閣下！」
「艾莉絲，妳只是不想站崗而已吧？」
「這也是我想相信店長閣下的原因之一！」
居然！呃，是沒關係啦。
「不過，我認為店長閣下的魔法一定比我在外面站崗可靠多了。」
「……有道理。安德烈先生，你們覺得呢？」
「我們……還是會一次一個人在外面看著。抱歉，珊樂莎，可以麻煩妳留一點照明給我們嗎？很暗的光也沒關係。」
我答應安德烈先生在煩惱了一段時間後給出的答案。
「沒問題。那就麻煩你們了。」

◇　◇　◇

離開村子的第三天。

我們沒有遇到什麼大麻煩，抵達了事先計劃好的目的地附近。

昨天晚上其實有被我用魔法設置的警報吵醒，但出現的魔物不怎麼強，所以我們在安德烈先生他們迅速解決掉魔物之後，又馬上入睡。

也多虧飄浮帳篷睡起來很舒服，我們都睡得很好，不會身體不舒服。

「所以，地獄焰灰熊就棲息在這座山附近嗎？」

「正確來說，是牠們曾經棲息在這裡。除非那一大群熊是來自很遠的地方。」

村子的西北邊有座山腰以上幾乎草木不生的火山。

我表示仰望那座火山的安德烈先生的說法大致正確，並稍做訂正。

我的書上說這裡是離村子最近的地獄焰灰熊棲息地。

這座山裡面的火焰石是地獄焰灰熊的主食……說主食是有點奇怪，不過牠們的確要有這種石頭才能活下去。

沒有火焰石就無法生存的牠們一般不會離開自己的棲息地。

不過，基於某些原因害牠們不得不離開的時候，就會引發上次那樣的狂襲。

「看起來不像是因為發生山崩。應該吧。」

「畢竟我們也沒看過這座山原本長什麼樣子。它有在冒煙……可是也不像有火山爆發。」

「我說，珊樂莎，它應該不會突然火山爆發吧？」

「我不能肯定絕對不會，但我們應該不會遇到。除非運氣真的很差。」

我曾透過艾琳小姐問村長這座火山有沒有噴發過，聽說至少他這一輩子從來沒遇過會影響到村子的火山爆發。

有沒有小規模噴發就不知道了，所以會不會遇到還是得看運氣。

「運氣啊……我對自己的運氣沒什麼自信。」

「尤其妳前陣子才差點沒命。可是妳有成功活下來，應該還算幸運吧？」

「而且珊樂莎也在這裡。應該不會怎麼樣啦。」

「我嗎？我算運氣好嗎？」

安德烈先生的話語讓我感到疑惑。

我父母在做生意的路上遇害，算很倒楣。

收留我的孤兒院環境不差，算運氣好。

能順利當上鍊金術師……我希望這不是運氣問題，純粹是我的實力。

不過，我能去師父店裡打工，或許真的是運氣很好？

我當初也只是碰巧看到師父店門口有貼徵人廣告。

現在來約克村也是，蘿蕾雅等村民大多是好人。

整體來看……我的運氣算不好不壞？

安德烈先生看著思考起自己運氣好壞的我，苦笑著搖搖頭說：

「不，是『我們』運氣好。妳來村子裡真的幫了大家不少忙。」

「而且多虧有妳，我們才能平安撐過地獄焰灰熊狂襲，沒受太大的傷。前陣子吃蜂蜜中毒也是有妳幫我們治療。」

「對啊、對啊。我們運氣真的好得不像樣。」

「聽到你們這麼說……我也忍不住覺得有點高興。」

聽安德烈先生他們讚不絕口，我也不禁開心地揚起嘴角。

因為這就代表他們認為認識我是一件好事。

「那我們就來爬爬看這座山，期待這份好運氣能保護我們吧。」

「嗯。啊，我們的目的是調查引發狂襲的原因，所以遇到什麼突發狀況都不要隨便出手喔。畢竟有可能會遇到足以趕走地獄焰灰熊的強大魔物。」

我姑且再提醒大家一次，他們也神情嚴肅地答應了。隨後，我們便開始攀爬這座山。

這座山沒有明確的道路，但路面不算險峻。我們花了半天時間走過雜草叢生的山路，並且在走到山腰之後忽然不再見到植物的影子。

地面也變得有點熱，開始能看見有些地方冒出水蒸氣。

「這附近地上有火焰石，有看到記得撿起來。我之後再跟你們算能賣多少錢。」

這裡沒有太大的火焰石，只有比較低價的，只是它一樣是鍊金材料，絕對不可能便宜到哪裡去。

而且都特地來這裡一趟了，不撿一些回去很浪費。艾莉絲小姐聽到這麼心想的我說完，卻是有點傷腦筋地說：

「店長閣下，我從來沒看過火焰石長什麼樣子……」

再看看其他人的表情……嗯。畢竟平常沒有機會看到，會不知道應該是難免？

「我看看……這個就是火焰石。」

我環望周遭，撿起看到的一顆偏小的火焰石。

它是暗紅色的石頭，帶有光澤，握在手上會覺得暖暖的。

雖然沒有顯眼到遠遠就能看見，但只要觀察得夠仔細，連外行人都辨認得出來。

它跟外表上看起來一樣堅硬，不用槌子很難把它敲碎，所以一般人當然不可能咬碎這種石頭。

而地獄焰灰熊會大口把這種東西咬碎吃下肚維生，只能說魔物真的是一種很奇妙的生物。

不知道牠們的牙齒會不會隨著年紀變脆弱？

「一般好像大多會掉在地面很熱的地方。」

「這樣啊。那，有冒水蒸氣的地方一定——」

「等一下！」

我連忙制止腳步輕快的基爾先生繼續走往冒水蒸氣的地方。

「基爾先生，請你先聽我說明完再過去。」

「啊，好……」

「有冒水蒸氣的地方溫度的確很高，可是那附近有會讓人吸一口就失去意識的毒氣，也可能會有很危險的超高溫蒸氣或熱泉噴出來。」

而且肉眼看不見那種毒氣，也不一定感覺得到熱泉噴發的前兆。

大部分可能突然噴出熱水的地方是不需要擔心感覺不到，只是偶爾也會有毫無預兆的危險地方。

我不是專家，沒辦法斷定哪裡危不危險，幾乎只能靠運氣賭安不安全。

「好了……你還想去的話，就去吧。」

我指著附近冒著水蒸氣的地方，基爾先生就急忙搖搖頭。

「不，就算我好奇心再強，聽妳講完這個也不敢去了啦！」

「沒錯。而且就算基爾堅持要去，我也會阻止他。」

真可惜。看來這次弄不到多少火焰石了。

「店長小姐，有沒有什麼鍊器可以應付毒氣跟高溫？」

「毒氣的話，我有帶一個我自己用的鍊器。蒸氣可以用叫做『隔熱衣』的鍊器避免受傷，只是我還沒有做出來。」

防毒面具是因為體積很小，我才會早早把它做出來，可是隔熱衣需要在用鍊金術加上功能之前準備一件能包覆全身的皮革衣服，所以我打算晚點再做。

師父的店就會另外找專業的工匠來做……很難外包給其他人做，也是鄉下地方的缺點。

而且能用到隔熱衣的機會其實很少。

一般隔熱衣就算能承受熱泉跟水蒸氣的溫度，也不至於防得住魔物的噴火攻擊，還會因為衣服是包覆全身，活動起來很不方便。

再加上隔熱衣沒有加上冷卻功能會很悶，所以真的只有現在這種環境才有機會用到。

「也就是說，我們現在沒有方法避免那些危險是嗎？那還真有點可惜。」

「我們這次就在安全的地方採集吧。真的很需要那些材料的話，下次再準備防範危險的鍊器過來就好。店長小姐應該也不介意吧？」

「嗯，沒問題。採集材料最主要也是跟你們的酬勞會不會變多有關。」

這次說好我會收購這一路上採集來的材料，再把收購的錢分給包含我在內的所有人。

不過這部分基本上只是外快，金額不會太大。

這一趟最主要的酬勞是村子支付的現金，還有提供給我的藥草田。而且想做各種鍊器的我也是比較重視材料的多樣性，數量不是重點。所以不需要冒險收集太多一樣的材料。

「那，我們就只撿路上可以安全收集起來的東西就好了，對嗎？」

「對。至於我們的目的地……就往我的探測魔法有反應的方向走吧。」

我們避開有水蒸氣的地方，繼續走了一小時的山路。這時，我們遇到了從頭到尾長約一．五公尺的巨大紅褐色蜥蜴。

牠的身體比我的腰還粗，背部凹凸不平的表皮看起來相當堅韌。

我們在離牠好一段距離的地方就停下了腳步。我不確定牠有沒有發現我們，至少牠的動作看起來很悠哉，不像在提防我們。

「這蜥蜴還真大隻耶。珊樂莎，那是什麼蜥蜴？」

「那是『熔岩蜥蜴』。牠還有個別名是『類火蜥蜴』。」

「喔喔，店長閣下，這名字聽起來好像很強耶！」

聽到艾莉絲小姐語氣莫名開心的這番話，我不禁苦笑著說：

「其實有個傳說講到牠會在岩漿裡面游泳……」

「咦？真的嗎？牠這麼不怕燙？」

「不，我猜那個傳說是假的。」

我否定驚訝到回過頭來的安德烈先生的疑問。

火山地帶有些地方會噴出紅色的熱泉，我猜應該是熔岩蜥蜴在那裡面游泳，才會被人誤會。

不過，牠似乎是真的很耐熱，不只熱水燙不死牠，對火系魔法的抗性也非常高。

但牠反而極端怕冷，聽說連早春時的氣溫都能讓牠動彈不得。

也就是說，這種地面一整年都很熱的地方，正好是最適合牠們生存的環境。

「看來這裡果然沒有地獄焰灰熊。」

「是被那個叫熔岩蜥蜴的傢伙趕走了嗎？」

「那隻蜥蜴有這麼強？」

「不，這種蜥蜴不強，但是還滿硬的。」

雖然只有背部特別硬，不過熔岩蜥蜴的背部表皮硬到可以彈開地獄焰灰熊的爪子。

「而且牠還會吐火，耐熱程度也比地獄焰灰熊強……」

熔岩蜥蜴跟地獄焰灰熊的主食都是火焰石，而火焰石大多出現在會噴出熱泉，或是有岩漿的地方——簡單來說，就是地表溫度很高的地方。

只是地獄焰灰熊的耐熱程度遠遠不及熔岩蜥蜴。

「所以，熔岩蜥蜴吃得到地獄焰灰熊棲息地裡的火焰石，可是反過來就不行了，是嗎？」

「沒錯。而且熔岩蜥蜴也沒有弱到會被地獄焰灰熊輕鬆趕走，再加上只要被牠逃到有熱泉的地方，就拿牠沒轍了——」

「那就是地獄焰灰熊爭地盤爭輸了，才會引發狂襲，對吧？」

「對，我猜應該是。」

路上撿到的火焰石很少，也更加強了這個猜測的可能性。

真要說奇怪的地方，就在於熔岩蜥蜴為什麼會變多。

不知道是有新的族群從其他地方遷徙過來，還是因為某種因素突然大量繁殖。

不過，魔物的繁殖方法本來就不確定是不是跟一般動物一樣，思考這個好像也沒意義？

鍊金術師需要的是可以善加利用魔物材料的知識。

研究魔物的生態也賺不了錢。

「所以我們這樣就調查完了嗎？總覺得有點掃興耶。」

「大概吧。我們也沒辦法多做什麼了，不是嗎？就跟艾琳說『熔岩蜥蜴就是引發狂襲的原因，再次發生的機率很低』吧。」

「嗯。反正這裡好像也沒有地獄焰灰熊……我們回去吧。」

「是啊。而且我們早點回去，應該也可以減輕艾琳的負擔。」

得出這個結論的我們決定回去村子時，艾莉絲小姐突然有點疑惑地指著山上。
「嗯？不用調查更上面的地方嗎？我們還沒到山頂耶。」
我們目前在剛過山腰的位置。
調查過的範圍只占了推測是棲息地區域的極小部分……
「還是不要繼續往上走比較好。有人知道熔岩蜥蜴為什麼會被稱為『類火蜥蜴』嗎？」
大家在聽完我的提問之後面面相覷，搖了搖頭。
「妳會這麼問，就表示是熔岩蜥蜴很耐熱跟會吐火以外的因素吧？」
「對。會被這麼稱呼的原因很重要，相關的書裡基本上都有寫——」
熔岩蜥蜴跟火蜥蜴。
明明知道牠們各自的長相就不可能會認錯，卻還是會被稱做「類火蜥蜴」，是因為牠們常常被目擊到出現在同一個地方。
不知道是這兩種魔物的生態有互補關係，或是單純的巧合，但是棲息環境很接近熔岩蜥蜴的地獄焰灰熊就不曾被目擊過跟火蜥蜴同時出現，想必是有什麼特別的理由。
「妳的意思是，我們再繼續走下去，搞不好會遇到火蜥蜴嗎？」
「對，的確有遇到火蜥蜴的風險。」
「唔……店長閣下這麼厲害，也打不贏火蜥蜴嗎？」

「至少現在帶來的裝備沒辦法打倒牠。如果不考慮收支，盡全力準備好對策……我也不知道打不打得過，畢竟我從來沒想過動手打倒火蜥蜴。」

假設能準備好承受得住火蜥蜴吐火的防具，再拚命用各種一次性的鍊器輔助……或許……有可能打得過？

看過書上的資料就會知道火蜥蜴是很危險的魔物，可是也沒有用明確的數字寫明有多強，我沒辦法輕易判斷自己有沒有能力打倒牠。

「我也沒有跟火蜥蜴對打過，下次再幫妳問問看師父。」

我一這麼回答，艾莉絲小姐就有點著急地揮了揮手。

「啊，沒有，我也不是想要去打倒火蜥蜴……」

「我想也是。店長小姐，火蜥蜴應該——不會來攻擊村子吧？」

「不會。牠不是會離開自己地盤的魔物。要哪天這座火山爆發出來的岩漿淹沒村子才有可能，到時候也沒心情管火蜥蜴會不會跑來了吧？」

「的確。到時候大概不只我們會逃出村子，連村民也逃光光了吧！哈哈哈！」

「呃，安德烈，這不好笑吧？」

安德烈先生有點開過頭的玩笑讓葛雷先生皺起眉頭，但安德烈先生也只是聳了聳肩。

「反正我們擔心這個也沒有用。那，珊樂莎，這裡會有火蜥蜴嗎？」

「應該有。我的探測魔法有感應到很強的生物。就算不是火蜥蜴，也一定是很強的魔物。」

所以我才會阻止大家繼續往上走。

安德烈先生一聽到我的回答，就立刻同意踏上歸途。

「看來我們不能再往上走了。村子提供的報酬不值得我們賭命。大家都沒意見吧？」

「沒問題。」

「那當然。」

葛雷先生他們也馬上同意安德烈先生的說法。

艾莉絲小姐她們一樣贊成，但接著提議：

「我們也沒意見，可是大家都特地花時間來這裡了。反正有店長閣下在，我希望可以獵幾隻熔岩蜥蜴回去……可以嗎？」

「是啊。我們難得走這麼遠過來，還是會想趁這個機會多賺一點……店長小姐，妳覺得怎麼樣呢？」

凱特小姐看向我，詢問我的意見。

在這段路上收集到稀有鍊金材料的我已經覺得來這一趟很值得了，可是從賺錢的角度來看……好像沒賺多少。

這裡目前的環境足以引發地獄焰灰熊狂襲，導致我們撿到的火焰石當然也不多。

鍊金材料賺的錢平分過後，還不一定夠讓大家多賺一天的錢。

反正本來就是額外多賺的，沒什麼差，但我也懂她們會覺得不賺白不賺的想法。

「我不介意。而且帶點熔岩蜥蜴的材料回去也不吃虧。問題在於我們有沒有辦法安全狩獵牠……你們應該都沒獵過熔岩蜥蜴吧？」

「我沒獵過。這次也是第一次看到牠。」

「我們也一樣。畢竟平常不會跑來這種地方。」

「我想也是。那我先打倒一隻當作示範。」

有隻絲毫沒有警戒心可言的熔岩蜥蜴悠悠哉哉躺在離我們有點距離的地方，我指著牠，開始解說。

「首先要注意的是牠的吐火攻擊跟尾巴。」

吐火的危險自不用說，但尾巴的攻擊也絕對不能低估。

牠的尾巴動作快又有力，一反牠平常悠悠哉哉的模樣。

萬一被牠的尾巴打到，一個不小心可能連大人的腳都會被打到骨折，所以沒有多想什麼就直接從背後偷襲，反而會吃上苦頭。

「牠的銳利爪子乍看也很危險，但一般情況下不太需要提防。只是牠會在敵人動彈不得的時候用上爪子，還是不能太輕忽。」

像是被牠的尾巴打斷腿，沒辦法逃走的時候。

聽說牠粗壯手臂揮出的爪擊甚至可以穿透地獄焰灰熊的毛皮，普通防具根本無法抵擋。

而且熔岩蜥蜴跟地獄焰灰熊對打的時候，會利用自己能承受的溫度跟有利的地形，把地獄焰灰熊引進呈泥巴狀的熱泉裡面，再打倒牠。

「所以，打熔岩蜥蜴的時候絕對不可以太緊追不捨。不仔細注意腳底下的情況，很可能會不小心中牠的計。」

我們再怎麼厲害，還是沒辦法在腳卡在泥巴裡面的時候應付包圍自己的好幾隻熔岩蜥蜴，要是被噴火或用爪子攻擊，很可能會性命不保。

打牠們最好還是用遠距離攻擊，或是利用長槍等比較長的武器，只是現在只有凱特小姐的弓箭跟我的魔法可以保持距離。

其他人的武器都是劍，不太適合打牠。

這導致雖然用魔法會比較好打，也還是得想個大家也能參考的打法……

「那，我現在就來示範。打牠要攻擊比較軟的腹部這一側。身體的上半部很硬，劍會砍不進去。」

解說完以後，就是實踐階段。

考慮到艾莉絲小姐他們用的武器，我這次是用劍來示範。

我從有段距離的地方一口氣往熔岩蜥蜴的側面衝過去。

接近的速度太慢，只會變成牠吐火的標靶。

我在熔岩蜥蜴把頭轉向我之前，迅速揮下手中的劍。

「攻擊牠的上半部，就會——」

唰！

叩。啪、啪！

「…………像這樣。所以要盡量從側面攻擊下腹部，可以的話，最好讓牠翻肚朝上，就可以輕鬆打死牠。」

「不不不！妳砍得也太順了吧！牠頭都掉下來了！」

基爾先生開口吐槽打算若無其事解說下去的我。

「怎麼會這樣……？」

我本來想實際給他們看看劍敲到上半部會彈開的模樣，可是我的劍卻直接把熔岩蜥蜴砍成兩半。可憐的熔岩蜥蜴就這麼被砍得身首異處。

沒有頭的身體部分不斷大力扭動……啊，差不多要不會動了——嗯，這次的敗因（？）是師父給我的劍。

而且這把劍之前連地獄焰灰熊粗壯的脖子都砍得斷。

師父說這把劍很「堅韌」，還真的不是普通堅韌。

「呃，正常當然不會砍得這麼順，而且就算辦得到，也最好不要這麼做。因為這裡被砍壞會拉低賣價。」

「啊～果然會影響到價格啊？」

「對。保持全身完整比較好。尤其上半部的硬皮有很多用途。」

不會被鈍劍砍壞的熔岩蜥蜴皮革，也非常適合用來製作不需要用到鍊金術的一般防具。

雖然除了用來做防具以外，也沒多少用處了。

畢竟更軟一點的皮革泛用性比較高。

「好了，那接下來誰要去試試看？還是要大家一起打？」

「我想想……珊樂莎，我可以用這顆頭來試砍看看嗎？」

安德烈先生說著指向我砍下來的頭。

這顆頭也不是沒有用途……算了，沒關係。給他們試砍幾刀可以增加保命機會，倒也不吃虧。

「好啊。不過，最好不要砍得太用力喔，不然劍身很可能會缺一角。」

「謝了。那我馬上來試試看……」

安德烈先生他們開始輪流試砍熔岩蜥蜴的斷頭，而大家的攻擊都一如預料地被彈開，砍不進

去。

「喔。比我想的還要硬耶！」

「真的就像岩石一樣。珊樂莎妳居然砍得動這種東西啊……」

「是因為我的劍太鋒利了！是劍的品質太好才砍得斷！」

葛雷先生聽起來似乎是覺得很扯，讓我連忙補充說明。

我是多少有鍛鍊過沒錯，但如果我用的是一般的劍，也一樣砍不斷啊！

「唔。這……感覺真的會一個不小心就把劍砍斷。」

「艾莉絲，妳前陣子才剛買一把新的，不要又弄斷喔！」

「我知道。畢竟這把劍也不便宜。」

凱特小姐皺起眉頭提醒，艾莉絲小姐也表示自己會小心。

艾莉絲小姐現在用的劍是她在那次事件之後請吉茲德先生打造的，不過吉茲德先生不是專門製造武器的鐵匠，品質只能算一般。

雖然他給的價格是物超所值，可是揹著債務的艾莉絲小姐她們沒有能力付太多錢。

我個人是比較希望她們多花點心思準備好裝備，就算還錢的時間會晚一點也沒關係。

「總之，會這樣也不意外啦。接下來換砍砍看下巴這一側。嘿！」

安德烈先生看到想試砍的人都砍過——只是都沒人砍進去——之後，就把斷頭翻過來，換砍下巴這一側的皮。

「……嗯？是不至於硬到會被彈開，可是這一側也不算軟耶。」

「哇，真的假的。我們真的打得倒這種魔物嗎？」

「我的劍還有辦法戳進去。這下是不是只能用戳的了？」

看來下巴那一側的皮也比預料中的硬。

安德烈先生他們用的劍不怎麼銳利，可能不適合打這種類型的魔物。

「武器最適合打熔岩蜥蜴的說不定是凱特小姐。」

「咦？我嗎？」

我把話題焦點轉到唯一沒有過來試砍的凱特小姐身上，她有點意外地看向我。

「嗯。就算有點距離，凱特小姐應該也能瞄準目標的眼睛吧？」

我這麼問完，凱特小姐先是稍微想了一下，才說：

「……對。我應該可以從熔岩蜥蜴沒有注意到店長小姐的距離射中牠的眼睛。」

凱特小姐在地獄焰灰熊攻擊村子的時候也是站在建築物上面就能射中不斷亂竄的目標的眼睛，靜靜不動的熔岩蜥蜴在她眼裡大概只是個不會動的標靶。

剩下的問題是弓箭能對熔岩蜥蜴產生多大的效果，這就只能實際測試看看了。

「既然這樣，接下來要不要用弓箭試試看？」

尤其現在就算遇到危急情況，我也能出手幫忙。

「找到了。」

我們想說要試就先挑單獨一隻的下手，開始尋找落單的熔岩蜥蜴。最後是在噴出水蒸氣的地方附近找到的。

這一隻熔岩蜥蜴跟剛才那一隻一樣對在遠處觀察的我們毫無反應，依然把肚子緊緊貼在地上，動也不動。

牠乍看很慵懶又沒有戒心，但知道牠背部的皮很硬，而且腹部這一側的皮也意外堅韌之後，就能理解這對牠來說是很安全的姿勢。

「那，我第一個試可以嗎？」

「當然。凱特，妳就讓大家看看妳的弓術有多強吧。」

「不要太期待我有多厲害……」

凱特小姐說是這麼說，射出的箭卻是精準無比，深深插進了熔岩蜥蜴的眼睛裡面。

「好耶！」

基爾先生出聲歡呼的同時，熔岩蜥蜴也開始不斷扭動——啊～記得剛才那隻也是斷頭之後，身體還會亂動。

看來即使一支箭就足以致命，也沒辦法讓牠不會掙扎。

而且就算不理牠一段時間就會死，情況也不允許我們待在原地慢慢等。

「啊！牠要跑掉了！」

「跑好快！」

熔岩蜥蜴在原地掙扎的時間非常短暫。

牠隨即用意外迅速的腳程朝著我們的反方向離開。

艾莉絲小姐跟葛雷先生見狀馬上大喊，不過——

「等一下！」

我連忙抓住想立刻追上去的艾莉絲小姐的衣領。

「唔呃！——咳咳！店長閣下，妳在做什麼！」

被勒住脖子的艾莉絲小姐發出痛苦呻吟，眼帶責備地看著我——可是這也不能怪我。

「艾莉絲小姐，妳還記得我剛剛說過要注意什麼嗎？」

我一向艾莉絲小姐確認剛才警告過的事情，她的眼神就游移起來。

「呃……不可以太緊追不捨，對嗎？」

「對。熔岩蜥蜴基本上都會逃去對人類來說很危險的地方。絕對不可以跑去追牠。」

「原……原來如此……？」

而且有些地方乍看是很平坦的地面，實際上卻是很深又很燙的泥淖。

不能看熔岩蜥蜴走過去沒有怎麼樣，就認為自己也可以在上面走。

「所以，我們還是小心點跟上去吧。反正牠看起來已經很虛弱了。」

熔岩蜥蜴在我跟艾莉絲小姐說話的這段期間跑到了幾十公尺外的地方，把半個身體泡在泥巴裡面不動。

牠這麼做應該不是認為「自己移動到安全的地方就沒事了」，而是虛弱到無法動彈。畢竟整支箭有一半都卡在頭裡面還亂動亂跑會發生什麼事，也不會太難想像。

「牠搞不好已經死了……要不要再射一箭？我們沒必要特地冒險過去吧？」

「說……說得也是。凱特，拜託妳了。」

「交給我吧……喝！」

凱特小姐這次射出的第二支箭，一樣精準射中了熔岩蜥蜴的眼睛。

熔岩蜥蜴只有被箭射中的力道輕輕搖晃了一下，沒有再繼續掙扎。

「好耶！那，我這就去把牠的屍體帶過來！」

基爾先生對凱特小姐豎起拇指之後，就踩著輕快卻又不失慎重的腳步，一邊小心確認腳底的情況，一邊接近熔岩蜥蜴。

地面有些地方有滾燙的水流，溫度非常高，不過我們穿的是不會滲水的厚靴子。

除非一腳踩進很深的泥淖，不然並不需要擔心燙傷。
而且基爾先生也不愧是資深採集家，他走過去的路上都有避開可能有危險的地方——不過……
「啊，不可以隨便——」
「燙死啦——！」
……我才想叫他小心點就被燙到了。
基爾先生在抓住熔岩蜥蜴尾巴的瞬間開口大喊，同時把熔岩蜥蜴甩開，速度飛快地衝回我們這裡。
「珊……珊樂莎！我的手！手！」
「好、好。讓我看看。」
他手套底下的手變得紅通通的，但只是輕微燙傷。
這點燙傷不需要用到鍊藥。
我用魔法製造水來冷卻基爾先生的手，接著用點簡單的治療魔法，他的手就不再發紅。
基爾先生看自己的手沒事也放心了，而一旁的安德烈先生雖然一樣鬆了口氣，卻也吊起眉角，輕輕敲打基爾先生的頭。
「大笨蛋，你太粗心了。抱歉，珊樂莎，需要付妳治療費嗎？」

「你們如果是來店裡找我治療，就得請你們付錢。我們這次是一起接同一份工作，可以用魔法處理的小傷就不收錢了。」

「抱歉啊，謝謝妳這麼慷慨。不過……牠真的好燙啊！」

「當然會燙。牠泡在滾燙的泥巴裡面，不燙才奇怪吧？」

泥巴跟熱水的溫度雖然有差，但一樣都很燙。

能把半個身體泡在這種地方的生物，表皮不可能不燙。

「而且柔軟手套再怎麼牢固，也沒有隔熱功能。」

「我想說連冰牙蝙蝠的牙齒都刺不穿，應該也不會怕燙。」

「因為當初用柔軟手套的目的不是需要隔熱。」

冰牙蝙蝠的牙齒只要不被刺到就不會結冰，所以戴手套的目的不是避免結凍。

隔絕高低溫有專用的手套，要用那個才能避免燙傷跟凍傷。

不過，我覺得如果只是想抓住很燙的東西，也不需要買昂貴的鍊器，只要買鐵匠會用的厚皮革手套或煮菜用的隔熱手套就好了。

「原來如此。這次換我去吧。」

這次換葛雷先生過去熔岩蜥蜴那邊。

他的採集家經驗應該跟基爾先生差不了多少，可是不知道是不是他比較寡言，反而讓人覺得他特別不容易失手，莫名令人安心。
如果安德烈先生是團隊的支柱，基爾先生是團隊裡的開心果，葛雷先生就是撐起整個團隊的基礎。
他不會輕舉妄動，做事不會有破綻。
而這次也是先從基爾先生剛才被燙到的經驗學到教訓，在現在戴著的柔軟手套外面再套一層手套，還準備了比較厚的皮袋。他隔著皮袋抓住熔岩蜥蜴的尾巴，就這麼拖著屍體回來。
「葛雷，你沒怎麼樣吧？」
「我沒事。珊樂莎，這個只要放一陣子就會冷卻了吧？」
「對。牠沒有連身體內部都很燙，應該很快就會變涼。」
「所以等牠變涼再肢解就好了，對吧？感覺牠好像一下子就死了，可是——」
「可是也是多虧凱特的弓術，才能打這麼快。」
「真要說的話，也是因為牠落單。聽說攻擊成群的熔岩蜥蜴，牠們就會直接反擊，不會逃跑。你們應該都不想變成烤肉吧？」
我對點頭同意這番話的艾莉絲小姐講述需要注意的地方。
熔岩蜥蜴只有一隻的時候還好，同時有很多隻展開攻擊就會非常危險。
因為熔岩蜥蜴不會被同類吐的火燒傷，不需要擔心誤傷同伴，可以毫無顧忌地拚命噴火。

到時候我們就會被烤得全身上下都熟透透的。

不知道艾莉絲小姐是不是想像了我們被烤熟的情景，臉色變得有點蒼白。

「嗯，我會小心注意。」

「反正只挑落單的熔岩蜥蜴打，就不用擔心這個了吧。再來就是要注意腳底下的情況，避免牠逃到我們沒辦法把屍體帶回來的地方。那我們獵下一隻的時候再多注意一點。」

我們又接著繼續狩獵，但是熔岩蜥蜴的大小跟從這裡走回村子的距離，讓我們也沒辦法帶太多材料回去。

結果只在多獵了兩隻之後就超出我們的負荷，沒多久就收工了。

之後，我們便快步踏上返回村子的路途。

Alchemy Item Catalog

No. 006

鍊金術大全：記載於第四集

製作難度：普通

一般定價：100,000雷亞以上

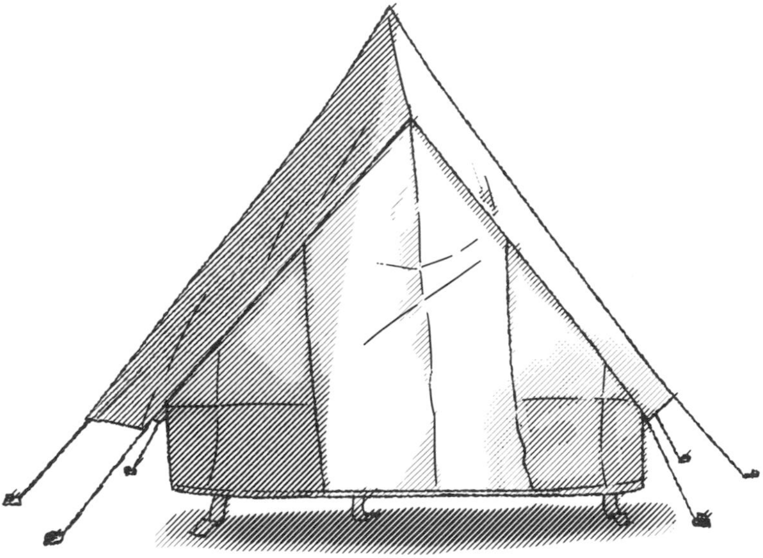

〈飄浮帳篷〉

Elftfiting Tflnt

在露營時，你是否曾經為凹凸不平的地面感到困擾呢？只要飄在空中，就沒問題了！有舒適的休息環境，才能讓採集更有效率。本鍊器也可加上驅蟲、調節溫度等功能。※會消耗帳篷內的人的魔力，還請注意。

Episode 3

酬勞跟種田

「……奇怪？這是什麼？」

我在獨自脫離菜鳥調查隊之後立刻回家，看到我家旁邊出現一片高大的圍籬。

我把回報艾琳小姐的工作推給安德烈先生他們——不對，是拜託他們幫忙回報成果，打算先自己回家享受蘿蕾雅煮的美味料理……

啊，我請安德烈先生他們幫忙回報也不是沒有理由喔。

畢竟本來就沒什麼特別的事情可以回報，再加上安德烈先生他們需要跟艾琳小姐領酬勞——

「嗯？這該不會就是我的酬勞吧……？」

艾琳小姐會給我一片藥草田（附帶栽種人員）當酬勞。

以農田的圍籬來說是有點大——比人還要高，空隙也沒有大到足以讓一個人鑽過去——而從縫隙往裡面看，就能看見裡面確實像是一片農田。

裡面大多還是雜草叢生的狀態，同時也可以看到有三名男子正在犁田。

「……珊樂莎小姐？」

「蘿蕾雅！」

我一回頭望向語帶納悶的聲音傳來的方向，就跟用疑惑眼神看著我的蘿蕾雅對上了眼。

「妳回來了啊。看到妳平安回來，我也放心了。」

「嗯，我回來了！謝謝妳，我們都沒有受傷——不對！呃，這是怎樣？」

「是農田。聽說是妳接委託的酬勞不是嗎？」

「嗯，可是它比我想像的還要大片，還蓋了很高的圍籬……」

其他農田也有蓋防止野獸闖進去的柵欄，但我從來沒看過這個村子裡有其他農田會蓋這麼誇張的圍籬。

雖然是不至於誇張到跟前陣子被地獄焰灰熊侵襲之後在森林跟村子邊界蓋的柵欄一樣，論結實的程度倒是差不了多少。

「這是要防止野獸跑進去嗎？是因為這片田要送給我，才會蓋這麼誇張的圍籬嗎？」

「妳說這個柵欄嗎？與其說是要防止野獸，應該說是避免有人跑進去……說穿了就是避免出現心懷不軌的採集家。」

雙手交叉在胸前的蘿蕾雅點點頭，一臉得意洋洋地向我解釋。

也……也是，畢竟從採集家的角度來看，藥草長在近在眼前的地方，不需要冒險進去森林。

「……不對，這片田就在我家旁邊，腦袋正常的人會敢直接偷藥草嗎？」

再怎麼說，也不可能敢直接偷我的藥草來店裡要我收購吧？

「珊樂莎小姐，正常人是不會偷別人的農作物沒錯。而且現在待在村子裡的大多是好人，可是我也曾聽說我出生以前發生過農作物失竊的事件，那時候村子裡很多採集家，很熱鬧。」

「是……是喔……？」

呃，其實我也不認為這裡的每個人都一定沒有邪念，只是應該不用想也知道在這種小村子做壞事會有什麼下場。

「不過，當時的村民好像跟其他採集家聯手痛打那個小偷，把他趕出去了。」

「啊，嗯……我想也是。」

這個村子的農田規模不大，不是位在離村子不遠的地方，就是在村子裡面。

想偷農作物不可能不被任何人發現，再加上人口不多，在村子裡四處打聽就能馬上找出犯人。

而且這種沒有公務員的小村子，握有最大權力的就會是村長。

幸好這個村子的村長雖然不太可靠，心地倒是很善良。有些村子甚至不一定會仔細調查竊案……當初那個竊賊慘遭痛打還能活著離開村子，或許算運氣好的。

「雖然很少有人敢偷東西，但是這裡算村子比較偏僻的地方，如果有人偷走所有藥草還逃去南斯托拉格會很麻煩，所以才會幫這片田蓋這麼好的圍籬。」

「原來如此。其實這樣我也比較放心啦。」

只被偷摘一點點是還好，就怕小偷會連根拔走，連種子都不留。

要是我在這裡種昂貴的藥草，大概也很難保證不會有人一時動起貪念。我搞不好得考慮安裝一些防盜措施。

「艾琳小姐晚點應該會來說明詳情……麥可先生！」

蘿蕾雅對柵欄另一頭大喊，犁田的人在聽到之後隨即轉過頭來，停下手邊工作，走向我們這裡。

啊，我本來以為三個人都是男的，原來有一個人是女的。

她戴著帽簷很大的草帽又背對著我，才會看不出來。

「珊樂莎小姐，他們是麥可先生、麥可先生的妻子伊茲女士，還有他的哥哥戈特先生。妳應該認識戈特先生吧？」

戈特先生皮膚被太陽曬得黝黑，身體也很結實，一看就知道是務農的人。

煮飯這方面我是全權交給蘿蕾雅處理，所以我自己是不會去買菜，不過我記得曾在戈特先生人在田裡的時候跟他打過招呼。

戈特先生的弟弟反而身材很細瘦，乍看真的不像兄弟。至少不是務農的吧？

伊茲女士也是看起來很健康，卻明顯不像村子裡的女性那麼強壯，完全沒有務農的人會有的魄力。年紀應該比我大一點點？

「你們好。我以前應該沒見過麥可先生跟伊茲女士吧？」

我不太確定自己是不是真的沒見過他們，可是這個村子不大——照理說……我應該每個村民都有見過才對。

「對，我們夫妻是最近才回來這個村子的。」

「喔喔，果然。兩位……呃……」

會離開農村的理由基本上只有一個。

不是長男或長女的人無法繼承家業，如果沒有跟村子裡的人結婚，就會去大城鎮找工作。雖然也有像格雷茲先生那樣為了自己想做的工作離開村子的例子，但只有極少數人會像他那樣。

大多情況是因為只剩下離開村子這條路可以走……我是不是不應該問這樣的人為什麼會回來這個村子……？

——此時，蘿蕾雅直接不顧我的遲疑，毫不客氣地講出事實。

「麥可先生之前人在南斯托拉格。他就是在那裡跟伊茲女士結婚，可是好像沒有找到好工作。簡單來說，就是找工作碰壁又跑回來了！」

「蘿……蘿蕾雅……」

蘿蕾雅毫不留情的這番話讓麥可先生感覺都快哭出來了，站在一旁的伊茲女士臉上也顯露苦笑。

戈特先生用力打了一下麥可先生的背。

「她也沒說錯吧！當初聽說你結婚了就去幫你慶祝，才發現你沒賺多少錢……收入不穩定就別結婚啦！要不是艾琳小姐介紹這份工作給你，你是要怎麼過活啊！」

「唔唔……我……也很慶幸有你們幫忙。我很感謝艾琳小姐，也很感謝哥哥。啊，我當然也很感謝珊樂莎小姐！」

戈特先生聽說去城鎮裡討生活的弟弟結婚時，好像是以為弟弟順利在外面賺大錢了，馬上就高高興興地趕去南斯托拉格幫弟弟慶祝。

結果一見到面，卻發現弟弟跟弟媳生活過得很吃緊。

他們兩個當時都有工作，似乎是不至於太過貧窮，可是也沒有前途可言。

而在村子裡務農的戈特先生當然不可能有餘力資助他們，所以送完結婚賀禮之後也不能幫他們做些什麼。

「你們經濟這麼拮据，為什麼會想結婚？」

據說先求婚的是麥可先生，我詢問伊茲女士為什麼會答應跟他結婚——

「因為我覺得他沒有我的話，搞不好會活不下去……」

「「唔哇……」」

伊茲女士雖然一臉傷腦筋，語氣卻也聽得出一絲喜悅。她這句話讓我跟蘿蕾雅不禁做出一樣的反應。

這種的絕對不會有好下場啊！

為不可靠的丈夫犧牲奉獻的妻子——

乍聽之下是段很美好的關係，實際上卻是對雙方都沒有好處！

戈特先生似乎也是這麼想，一臉傷腦筋地嘆著氣說：

「就是這樣。可是我也不想對他們見死不救，才會拜託艾琳小姐想想辦法。」

戈特先生似乎就是在煩惱該怎麼幫助弟弟跟弟媳的時候聽到艾琳小姐在找藥草田栽種人員的消息，才會連忙拜託艾琳小姐安排這份工作給麥可先生跟伊茲女士，再叫他們兩個回來村子。

一般想開墾新農田的時候，會需要自己負擔所有成本，還需要先準備夠撐到農作物收成的生活費。

不過這次開墾的農田是要送我的酬勞，費用會全額由村子負擔。

而且好像還會支付生活費應急……就算不會變成他們自己的田，村子給的條件也確實很好。

「你……真的很好心呢……」

我很佩服地稱讚雖然嘆著氣，看著弟弟跟弟媳的眼神卻很溫柔的戈特先生。

有些人會不管已經離家的兄弟姊妹死活，甚至早就想把礙手礙腳的對方趕出家門，可是他卻特地花心力幫助弟弟。

「哼！我才沒有很好心。畢竟先不論這傢伙，我總不能讓好不容易變成我親戚的弟媳過上悲慘的生活吧？我是沒有錢啦，但我可以盡可能幫幫他們。」

戈特先生搓了搓自己的鼻子，語氣有點害臊。而且他好像是處理好自己田裡的農務之後，才特地來這裡幫忙犁田的。

明明夏天外出務農本來就很煎熬了，還要多處理別人的田。

「辛苦你了，天氣這麼熱還要在外面工作。」

「夏天本來就是這樣，沒辦法。而且今年比往年輕鬆很多了。因為今年有妳做的冷卻帽子可以戴。沒這頂帽子的話，這傢伙大概早就熱暈了！」

戈特先生說著又輕敲了麥可先生一下。

被敲的麥可先生或許自己也這麼認為，面露苦笑點了點頭。

「嗯，真的幸好有這頂帽子──只是這頂帽子也是借來的。」

「沒有這頂帽子的話，我也一樣受不了在這種盛夏時分下田……不過，我還真沒想到這種鄉下地方的村民會有鍊器──啊，對……對不起！」

伊茲女士不小心脫口說出一針見血的事實，並在驚覺自己說錯話之後摀住嘴巴，連忙道歉。

蘿蕾雅跟戈特先生看起來都不介意，搖搖頭說：

「這個村子的確是鄉下地方。而且是珊樂莎小姐來這裡之後，生活才比以前方便一點……」

「是啊。我們有冷卻帽子戴，也是多虧有珊樂莎在。你們也要記得謝謝她啊。」

「那當然。」

「嗯，我們有聽說冷卻帽子這件事——那個，珊樂莎小姐，我也可以拿帽子給妳嗎？」

「可以。只要是這裡的村民都可以。你們應該是搬回來這裡定居吧？」

「當然……太好了，這樣我就可以戴時髦的冷卻帽子了。」

伊茲女士大力點頭，隨後語氣欣喜地小聲說道。

最受村子裡農家歡迎的，就是他們現在戴的草帽型冷卻帽子了。之前住在都市的伊茲女士大概有點不想戴這種草帽。

如果比較懂時髦的伊茲女士可以帶好看的帽子給我，我這裡的商品種類也會變得比較豐富，所以我反倒很樂意她這麼做。

就算村民不太可能會買，格雷茲先生那邊應該也會很好賣。

「話說回來，我可以把這片田全權交給你們夫妻管理嗎？」

「可以。而且我哥也只會幫忙到這裡可以開始種田……我們說不定會給妳添麻煩，不過以後就麻煩妳多多指導我們了。」

「雖然這是我第一次務農，但我會努力學！」

麥可先生向我低頭致意，伊茲女士則是握緊拳頭，看起來相當有幹勁。

其實我從她的言行跟外表就大概猜到——

「伊茲女士應該不是在農村長大的吧？」
「嗯，我是在南斯托拉格出生，也是在那裡長大的。這是我第一次在農村生活。」
「果然。麥可先生應該多少有過務農的經驗吧……？」
既然是戈特先生的弟弟，那應該至少小時候有幫忙過家裡的農務。
而他的皮膚卻沒有被曬黑，身材也不像曾經下田務農。
我不知道他在南斯托拉格的時候是做什麼工作，但是他看起來不像哥哥那麼有力氣，甚至會讓人有點不放心。
而且我雖然可以指導他們怎麼栽培藥草，卻也不是農業專家。鍊金術師是小規模栽培藥草，農民是大量種植相同作物。兩者應該還存在更多不同之處。
戈特先生不知道是不是猜到我這麼想，有點傷腦筋地說：
「啊～他一成年就離開村子了……不過我會教他怎麼處理農務，而且這傢伙雖然有點笨拙，倒是很擅長做簡單的粗活。珊樂莎，妳可能要等他習慣一段時間，抱歉啊。」
「啊，好，我是不介意……可是麥可先生跟伊茲女士不介意做藥草栽培這一行嗎？」
我自己的本業是鍊金術師，就算藥草沒有栽培成功，也不會有什麼損失，而且藥草也可以跟採集家收購，不怕缺貨。
但是要以這份工作維生的他們就……

「萬一失敗了，會不會影響到你們的生活費跟住的地方？」

「我們現在借住在我哥家裡。而且艾琳小姐會暫時先支付薪水給我們，只要能趕在有薪水的這段期間內賺到錢就好……」

「我打算之後在附近幫他們蓋間新家，但也要看這傢伙夠不夠努力。畢竟等他們有小孩，就不方便借住在我這裡了。」

戈特先生說著指向從我家看往藥草田的另一側。

我家是這個村子最外圍的住家，等麥可先生的新家蓋好了，是不是就代表這個村子的涵蓋範圍會再往外推一點點？艾琳小姐也說「順利的話想再多開墾幾片藥草田」，說不定藥草田會成為增加村民人數的重要因素？

「唔唔！看來我身負重任呢。」

「不，我認為妳不用太放在心上。珊樂莎妳來種藥草就一定種得起來吧？那種不起來的話，就是麥可的問題了。麥可，你不要還沒有穩定收入就生小孩喔。」

「哥……哥哥！」

戈特先生說完就笑著拍打麥可先生的肩膀，讓麥可先生著急地反駁，伊茲女士的臉頰也染上了一點紅暈。

不過，說得也是。他們都結婚了，會生小孩也不奇怪。

「那麼，雖然這麼說有點奇怪，但我會用魔法幫你們一點忙，當作送你們的結婚賀禮。」

能盡早栽培出成果當然是再好不過，而且要新婚夫妻忍耐各種不方便也很可憐。我是不太懂可憐的部分在哪裡啦。

我又不曾談過戀愛！

「翻好土以後，你們應該會比較輕鬆吧？」

開墾過程中最累的就是翻鬆堅硬的土壤，去除石頭跟樹根的工程。

幸好這裡的樹都是灌木，沒有喬木，但光是要挖開雜草深根的地面，就要花費不少力氣。先幫他們把地面弄軟，應該多少會有點幫助。

「的確是會比較輕鬆……可是妳有辦法翻土嗎？」

戈特先生有點困惑地看著我，我則是語氣堅定地回答「當然有辦法」。

「那，我馬上動手——」

我才正要使用魔法，蘿蕾雅就突然握住我的手。

「珊樂莎小姐，妳用魔法把草皮跟草叢清掉的時候把土也一起炸開，反而會不好當農田喔。」

「……蘿蕾雅，妳平常都是怎麼看待我的？」

妳該不會以為我是那種隨便到會覺得「慢慢弄太麻煩了乾脆一口氣全部清掉吧！」的人吧？

我半瞇著眼瞪向對我做出不實指控的蘿蕾雅，才發現她也露出跟我差不多的眼神。

「請妳先想想那塊地，再來反駁我。」

蘿蕾雅指著跟我家後院相連的森林——不對，應該說原本是森林的地方？

那裡現在已經沒有樹木，只剩下裸露的地面，成了非常適合用來訓練的廣場。

我想起這一小片森林被夷為平地的原因，不禁撇開了視線。

「那……那是因為我在練習攻擊魔法。」

「……妳這次要用的不是攻擊魔法嗎？」

「是攻擊魔法的一種沒有錯——總……總之，妳就看我怎麼處理吧！我先用這一排示範給你們看！」

麥可先生他們三個的表情在聽到蘿蕾雅這麼說以後開始顯露些許不安，而我則是背對他們，輕輕用手接觸地面。

灌注魔力的範圍是寬約兩公尺，長約十公尺……

「……喝！」

我看著這個長方形區域，往裡頭灌注魔力。隨後地面開始隆起，土壤不斷上下攪拌。

最後變成了比周遭地面高大約二十公分，看起來很像田埂的一段隆起。

土裡依然摻雜著草跟石頭，需要再另外挑掉，但應該光是省下挖開堅硬地面的大量勞力，就可以讓他們輕鬆許多。

「「「喔喔喔！」」」

「珊樂莎小姐，妳太厲害了！」

「咦？哎呀～也沒有多厲害啦～～這只要會用一點魔法就辦得到了。」

蘿蕾雅的眼神瞬間變得閃閃發亮，跟剛才完全相反。被她用這樣的眼神凝視，也讓我覺得很得意。

「魔法……那，我也有辦法做到嗎？」

「咦？蘿蕾雅，妳也想用這種魔法嗎？」

「嗯！」

眼神依然閃亮的蘿蕾雅說出讓我很意外的話。

蘿蕾雅的魔力量算多，努力學也不是不可能學起來……

「妳學魔法要花很多心力學喔。這樣妳也要學嗎？」

「可是學會這種方便的魔法，就不怕找不到工作了啊！」

「咦？蘿蕾雅，妳不想在我店裡工作嗎？」

怎麼這樣！但蘿蕾雅連忙搖頭否認我的猜測。

「啊，沒有，我不是不想在妳店裡工作……只是怕萬一哪天被妳解僱……」

「我完全沒有想解僱妳的意思啊……」

不如說，我根本不打算讓她走。

我怎麼可能解僱這麼方便的人手（這是稱讚！）呢。

「……不過，妳學起來應該可以賺點零用錢。好，我可以教妳。」

畢竟務農的人一定會對這種魔法垂涎三尺。

以蘿蕾雅的魔力量來說，她一天要賺好幾人份的薪水——甚至十人份的薪水都不是問題。

而且如果蘿蕾雅想特地請假幫人翻土，我也會准假。我很寬容的。

「那，珊樂莎，我們學得起來嗎？」

「啊～也不是學不起來，可是我覺得你們還是親手翻土比較快。」

他們三個的魔力量跟一般平民的平均值差不多。

也就是說，他們並不適合學魔法，就算努力學起來，翻土的效率也很難超過自己花勞力去做。

「學魔法果然很需要才能……」

「哈哈哈……妳這麼說倒也沒錯。」

伊茲女士似乎覺得很可惜。在魔力量這方面的才能太過強大的我，也只能用一陣乾笑回應她。

「總……總之，蘿蕾雅，妳要不要來試試看？首先——」
我拉起蘿蕾雅的手，轉移話題。

◇◇◇

「結果有成功嗎？店長閣下。」
聽到從艾琳小姐那裡回來的艾莉絲小姐這麼問，我很有自信地回答：
「那當然。我做事情絕對不會失手！」
最近是不會啦！師父剛收我當徒弟那時候還滿常——不對，老實說，我幾乎天天都會失手，給師父添了不少麻煩。
但這次是真的沒有失手。而且蘿蕾雅也同意我的說法。
不過，艾莉絲小姐卻是有點尷尬地搖了搖頭。
「啊，不是，我問的是蘿蕾雅有沒有成功學會魔法。」
「我嗎？我完全學不起來……」
「可……可是，妳繼續努力練習下去，一定學得起來的，嗯。」
我連忙安撫神情沮喪的蘿蕾雅。

雖然她嘗試的時候沒有產生效果，但我認為她應該有成功活動到自己的魔力。活動自己的魔力是一開始的最大難關，所以她努力練起來的話，應該可以到實用等級。

「哦。那以後我老家要開墾的時候，就拜託蘿蕾雅幫忙吧。」

「嗯？艾莉絲小姐，妳覺得我不值得信任嗎？」

我沒有不小心弄壞圍籬耶。

我有把翻土魔法的範圍控制在農田裡面耶。

「我不是不信任店長閣下，是因為我們付不出僱用鍊金術師的酬勞。不過請蘿蕾雅來幫忙的話，就只要付工錢就好了吧？」

看來光是能縮短開墾時間，就值得付一份薪水了。

「畢竟開墾真的是件很麻煩的大工程……」

不知道艾莉絲小姐是不是有開墾經驗，語氣聽起來特別感慨。

我曾經聽經商的父母說人力開墾是真的很累人，也是領主賦予農民的工作之中最辛苦的一種。

要是太常派人開墾，還會導致人民對領主的觀感瞬間變差很多。

長期來看，開墾可以讓領地變得比較富裕，而且人民也能受惠，只是需要很長一段時間才能清楚感受到開墾帶來的好處。

而能不能讓人民願意為自己辛勤工作，或許就得看領主的治理能力了。

「……對了，那種翻土的魔法會很難嗎？」

「可能不算太簡單？我用的魔法是『地槍』的一種，如果不講究魔法的威力，就不會太難。只是會需要比較細膩的魔力操控技巧，才能調整成適當的威力。」

甚至有辦法做到這種地步的話，都能當鍊金術師了。

當然，鍊金術師也不至於這麼簡單就能當，但操控魔力絕對是最重要的一種技巧，會這種技巧就等於有足夠基礎，夠努力就有機會當上鍊金術師。

「攻擊魔法還比較簡單是嗎……那年輕人可能對這種調弱力道的魔法比較沒興趣。畢竟魔法師給人的印象就是會用很強大的攻擊魔法嘛！」

艾莉絲小姐用看起來很了解年輕人喜好的表情說道。她或許也曾經嚮往成為那種強大的魔法師。

看一旁有點傻眼的凱特小姐的表情就大概猜得出來。

不過我懂。因為我小時候也多少有跟艾莉絲小姐一樣的想法！

「蘿蕾雅不會想學攻擊魔法嗎？妳應該從來沒有想請店長小姐教妳吧？」

蘿蕾雅很乾脆地否認了凱特小姐的提問。

「我就算學了，也沒機會用。所以我比較想學能幫上村子裡的人的魔法。」

「妳也太成熟了吧！我在妳這個年紀想學的話，一定會選攻擊魔法耶！」

「咦？是嗎？珊樂莎小姐，妳以前在我這個年紀的時候都在做什麼？」

「我當時都在學校裡努力讀書——可是會那樣是因為我是孤兒。」

如果我父母還在人世，我可能就不是在學校讀書了。

而且他們做生意常常在城鎮間往來，我要繼承家業的話，學攻擊魔法就會比較有用，所以也不能說學攻擊魔法就是比較不好。

——雖然可能會學攻擊魔法應該有一部分也是因為我的喜好啦！

「艾莉絲，我記得妳在她這個年紀的時候，都只顧著鍛鍊劍術吧？」

「唔！呃，那是因為以前沒有像店長閣下這樣的師父教我……」

「我媽媽會用魔法……但是我要陪妳鍛鍊劍術，弄得我也沒多少時間練習魔法——店長小姐，我也能學會這種魔法嗎？」

「凱特小姐也想學嗎？可是妳不是採集家嗎？」

「我也不會當一輩子的採集家，學點技藝還是比較好吧？」

「咦？艾莉絲小姐要被拋棄了嗎？凱特小姐要放棄繼續當採集家，改當專門幫忙開墾的魔法師嗎？」

蘿蕾雅輪流看向艾莉絲小姐跟凱特小姐說道，讓艾莉絲小姐皺起眉頭，看往凱特小姐的眼神也有點不放心。

「唔唔！凱特，妳真的打算轉職嗎？妳應該不會拋棄我吧？」

「妳說這什麼話，我怎麼可能拋棄妳。妳以為我們都認識幾年了？」

「果然。我就知道凱特不會離開我——」

「只是目前還沒這個打算而已。畢竟我也不是對妳完全沒有意見。」

艾莉絲小姐本來已經鬆了口氣，卻又因為凱特小姐補充的這一段話而顯得有點著急，並對凱特小姐伸出雙手。

「凱……凱特，妳對我有什麼不滿的話，就儘管說吧！我會努力改善！」

「是嗎？那——」

凱特小姐提出的幾個不滿都跟採集家工作無關，全是針對平時的生活瑣事。

感覺很像妻子在抱怨丈夫……？

她們這段對話可以聽出兩人平時的相處模式。

「凱特小姐，妳對突然多了一大筆債務這件事都沒有怨言嗎？妳們應該還欠珊樂莎小姐不少錢吧？」

凱特小姐一聽到蘿蕾雅這麼好奇詢問，就語氣肯定地回答：

「我不可能有怨言。如果我事到如今還會抱怨，當初就不會請店長小姐幫她治療了。」

「凱特……」

被針對生活態度抱怨了幾句的艾莉絲小姐本來還很沮喪，一聽到這番話，就馬上一臉感動地凝視著凱特小姐。

嗯，這就是所謂的軟硬兼施吧。

我就把凱特小姐的做法學起來吧。但是我也不知道什麼時候會對誰這麼做。

「而且，要當採集家本來就要做好有一天會突然受傷的心理準備——只是我也沒料到她會受那麼重的傷。」

「是啊。我當初離家的時候，也沒想到自己以後會差點沒命。因為我對自己的實力還滿有自信的。」

「採集家這個職業比我們原先預料的還要危險。而且年紀大了以後，體力也會變差。所以我們不可能一輩子都靠著當採集家維生，對吧？」

「的確，尤其妳們是女生……所以妳才想學些其他的技藝，是嗎？」

她們現在差不多二十歲左右，這年紀要結婚算有點晚了。

像這個村子裡就是基本上沒有人到了她們這個年紀，還沒有結婚。

——啊，不對，這麼說來，我好像沒看過艾琳小姐的丈夫。

她該不會……？

可是艾琳小姐應該快三十歲了，這種事很難直接問她。

我還是下次再找機會問問蘿蕾雅，避免踩到人家的地雷吧。

「對了，凱特小姐，妳的魔法資質大概在什麼程度？」

「應該至少比艾莉絲好？畢竟我是黑精靈跟人族的混血兒。」

「……果然。」

「啊，店長小姐早就發現了嗎？」

「嗯。因為妳皮膚比較黑一點，耳朵看起來也比較長，就有在猜妳可能是混血兒。」

就算有點在意她可能是混血兒，我也不好意思當面問，才一直沒有提這件事。

我在王都的時候就會不時看到不是人族的人，所以我也不會歧視其他種族，可是這種小村落或鄉下地方就很難說了。這也是我沒有特地提起的原因之一，不過看凱特小姐會直接承認，應該是不怎麼在乎自己是混血兒的事情曝光。

「我……我第一次看到其他種族的人！」

這麼說的蘿蕾雅語氣中也沒有任何厭惡，反倒是用覺得很稀奇的眼光仔細凝視起凱特小姐的臉。

「我只有一半的黑精靈血統，好像也不太算其他種族……而且黑精靈的特徵在我身上沒有很明顯。」

她撥起頭髮，可以看見她的耳朵確實跟人族不一樣，但是膚色就跟一般人族之間的個人膚色差異沒兩樣。甚至每天下田的農民皮膚還比她黑，不說應該不會發現她有黑精靈的血統。

「凱特是外表像父親，個性像母親。啊，她的母親才是精靈。她的父母長相都很端正，而且還很可靠。」

「聽別人這樣稱讚自己的父母親，還真有點難為情耶。」

艾莉絲小姐的語氣不知道為什麼有點得意，凱特小姐則是就像她自己說的顯得很害臊，卻也看得見她臉上浮現開心的微笑。凱特小姐跟父母的感情一定很好。

「黑精靈——這也是妳的弓術這麼厲害的原因之一嗎？」

精靈一般被認為特別擅長弓術跟魔法。

黑精靈跟白精靈都有這樣的特質。

順帶一提，黑精靈以前似乎曾被稱做「黑暗精靈」。

但據說他們曾經表示「只是皮膚比較黑一點而已就說我們黑暗，搞屁啊。難道皮膚白就是叫什麼光明精靈了喔？搞得好像在區分好人壞人一樣，什麼鬼啊」，不知道是不是真的。

所以，現在王國裡面會統稱他們為精靈，不區分膚色。真的需要區分的時候，則會以白精靈、黑精靈來稱呼。

有些國家還是會叫他們黑暗精靈，而且也不是帶有歧視意味的稱呼，只是這個國家有實施多

元種族融合政策，要小心不能公開提及黑暗精靈這個詞，不然會遭到譴責。

也因為這樣，非人族的人基本上並不會在公開場合遭受差別待遇，卻有可能只因為自己不是人族，而在鄉下村莊被當成外人歧視——當然，先不論這個村子會不會有這種現象。其他種族的人在鄉下地方會比較不好生活，所以就某方面來說，他們本來就不太可能出現在鄉村。

「我不只有學弓術，也有學一點魔法……可是我母親教人的技巧真的異常爛。至少就魔法這方面是這樣啦……但我也不曾跟其他人學過魔法。」

「是啊，她的教法感覺就很靠直覺。我也有跟她學過一點弓術，就覺得大概要思維跟她很接近才能懂。」

艾莉絲小姐抬頭看往上方，回想起當時的情景，並表示認同凱特小姐的說法。

「而且弓術可以看姿勢學，魔法就沒辦法這樣學了吧？再加上我也不認識其他會用魔法的人。就算跟我說『要用心去感覺！』，我也不懂怎麼感覺啊……」

「的確不能靠眼睛看到的來學。只是學魔法也真的需要去『感覺』自己的魔力……」

不過，「會用魔法」跟「會教魔法」本來就是兩回事。

尤其魔法應該有一部分是要靠感覺來學。

而鍊金術師培育學校在教導魔法這方面也不辜負它是全國第一學府的名聲，會用極富系統性跟邏輯的方式教導學生。

雖然幫助我的鍊金術實力更上一層樓的是師父，但是幫我建立鍊金術基礎的，無疑是學校的老師們……跟我比較親近的老師是不多，不過我是真的很感謝教過我的每一位老師。

「好。那，我就同時幫蘿蕾雅跟凱特小姐上魔法課吧。只是我不保證妳們一定學得起來。」

「我們本來就不一定學得來。光是妳願意教，就很好了。而且一般要僱用鍊金術師當家教，不知道得花上多少錢……」

「啊……這麼說來，我好像不應該隨隨便便請鍊金術師教魔法。那個……我是不是付妳教學費用比較好？我的一半薪水不知道夠不夠付——」

一臉不安的蘿蕾雅講的金額莫名實際，讓我連忙揮手表示：

「我不收錢、不收錢！我只是教一下下而已，怎麼好意思跟朋友收錢！妳們不用太在意這個，真的。相對的，我不會騰出太多時間教妳們。」

一般人要僱用鍊金術師當家教的話，確實是付出自己所有薪水都僱不起，可是我也還不是一個技術純熟的鍊金術師。

而且教魔法本來就不是鍊金術師的工作，再加上萬一被師父知道我這點程度就跟人收錢，她一定會很傻眼，或是很生氣……

「妳當然不必特別替我們撥太多時間。只在飯後休息時間稍微教一下也沒關係。」

「嗯，這樣搞不好還比較剛好？畢竟練習操控魔力很單調，花太多心力練習也不會有好結果。凱特小姐也同意只在飯後休息時間教嗎？」

「當然，而且妳都願意免費教我們了，我怎麼可能有意見——等等，我也可以免費學吧？店長小姐，我們是朋友吧？」

我對神情有點擔心的凱特小姐露出微笑，點了點頭。

「店……店長閣下，我也可以跟妳學嗎？」

「當然可以。因為艾莉絲小姐也是我的朋友啊！」

好耶！朋友比以前多了一倍！我們應該……不是只有金錢往來的關係吧？

◇◇◇

隔天艾琳小姐一過來找我，就立刻深深低下頭對我道歉。

「珊樂莎小姐，我要先向妳道歉。我們應該要提供完整的酬勞，卻還是得勞煩妳幫忙，真的很不好意思。」

「……喔，妳是指我幫忙翻土嗎？那是我自己主動幫忙的，妳不用放在心上。就當成是送給新婚夫婦的賀禮。」

「我很高興妳這份好意，可是安德烈先生他們領到的酬勞跟事前說好的一樣，不能只有妳吃虧。」

「妳也真講究耶～真的不用放在心上啦……不過，我很好奇為什麼農田還沒有開墾好。我認為以妳的作風，應該會在我們回來之前就準備好……」

如果是村長安排的，他可能還會說「哈哈哈，進度不小心拖到了啦」這種少根筋的話，但是艾琳小姐做事很精明。

我懷著這樣的想法詢問原因，隨後艾琳小姐就傷腦筋地嘆著氣說：

「其實是現在有空的村民比我預料中的少……所以找來的人手比事前計劃好的少。是我錯估情況了。」

現在留在村子裡的採集家比往年還多。

所以有些村民會去狄拉露女士的旅店兼餐廳裡面工作，或是去幫忙工作量變多的鐵匠吉茲德先生跟工匠蓋貝爾克先生，導致村子裡是空前的缺乏人手。

「原來如此，我也是村子裡缺人手的原因之一啊。」

「應該說，能有這樣的盛況都是多虧有妳在。我很感謝妳幫我們村子做了這麼多……不過，也是因為大家都在忙，才反而給妳添麻煩了。」

「我有聽說麥可先生他們之前過得不太好，也不忍心看他們在我家旁邊開墾得這麼累……而且我來幫忙翻土，很快就可以弄好了。」

「的確。對了，如果我們可以支付報酬，下次要拓寬農地的時候可以再麻煩妳幫忙嗎？」

聽到艾琳小姐笑著問我能不能再幫忙，我也不禁露出苦笑。她道歉歸道歉，卻也不放過能利用的資源，真不愧是實質上的村長。

「我有空是可以幫忙，不過，說不定到時候蘿蕾雅也已經學會這種翻土的魔法了喔。呵呵。」

我笑著說出的這番話，讓艾琳小姐驚訝得睜大了眼睛。

「蘿蕾雅？珊樂莎小姐，妳有在教她怎麼用魔法嗎？」

「因為她說想用用看這種魔法。只是也才剛開始學而已。」

「原來如此……如果蘿蕾雅會用，的確會比拜託身為鍊金術師的妳幫忙更好開口。」

「啊，妳到時候要找蘿蕾雅幫忙的話，也不要忘記付酬勞給她喔。」

我相信艾琳小姐不是會占人便宜的人，但還是提醒一下。

畢竟只因為住在這裡就要免費貢獻大量勞力，也是滿可憐的。

「那當然。要讓有能力的人才得到應有的酬勞，才能把他們留在村子裡——雖然這些事情都要等藥草栽培成功之後再說。妳覺得種得起來嗎？」

「我會指導他們栽培藥草，但是不保證會成功。因為我只有栽培小規模藥草田的知識，要種大片的藥草田，應該會需要經過很多次調整。」

而第一個問題，就是該種哪一種藥草。

藥草的種類繁多，有種起來簡單到幾乎不管它也會長得很好的，也有困難到需要天天用心呵護的。

當然，前者因為在森林裡就能輕鬆採集到，賺不了多少錢。

後者反而是只要能成功栽培到可以收割，就能大賺一筆，可是這種藥草的種子跟苗都很貴，萬一失敗，就會造成嚴重損失。而且如果是只栽培幾株的小藥草田倒還可以細心照顧好每一株藥草，要種到跟農田一樣大的規模，應該會耗費非常多的心力。

順帶一提，我自己種的是需要細心呵護的藥草。

因為這類不好種的藥草很難在外面找到，又或是需要在摘下來之後馬上做好長期存放措施，幾乎不會有人帶來給我收購，我才會努力自己種來用。

可是那些藥草都被地獄焰灰熊踩得面目全非，害我當時真的心痛到哭出來。要不是牠們的皮可以當鍊金材料，我一定早就氣到把那些熊切成碎片，拿去田裡當肥料了。

「假如栽培得不順利，之後會改成只種比較便宜又好種的藥草，可以嗎？到時候可能就沒辦法讓你們多種幾片藥草田了。」

因為大量種植原本就很廉價的藥草，會讓它多到真的沒必要花錢收購。

「這部分就交給有專業知識的妳判斷了。不過，假如是麥可一時疏忽才種失敗，記得跟我說一聲喔。我會好好訓他一頓。」

「哈哈哈，我會努力不害他挨罵——畢竟感覺不會只是口頭上罵一罵而已。」

看到臉上掛著笑容的艾琳小姐握緊拳頭，實在是有點不忍心讓一個剛結婚的人被她鐵拳伺候。

◇◇◇

雖然藥草田已經翻好土，可是要真的可以開始種植物，也還需要等上一段時間。

我趁這段期間把在地獄焰灰熊摧殘之下倖存的藥草分株或扦插，也拜託師父幫我弄來一些種子。

當然也不忘處理不在村子裡的那段時間累積下來的工作。

而且這些工作還滿麻煩的。

其實這次因為我會有一段時間不在店裡，而在我家倉庫裡多放了一個存放材料的大型冷藏櫃。目的當然是要暫時存放其他人在我不在的時候帶來賣的材料。

我從出發的好幾天前就有公告，也曾考慮暫時不收購蘿蕾雅沒辦法鑑定品質的材料。

可是，採集家特地去採集材料卻只是白費力氣，對採集家跟我來說都很吃虧。所以我做了多少可以抑制材料品質變差的冷藏櫃，允許常客在不接受客訴的條件下，暫時寄放材料在我這裡。

順帶一提，其實也真的存在可以完全防止材料腐敗的鍊器，但也當然不是我做得起的東西，才會準備冷藏櫃這個替代方案。

反正我這裡還有很多冰牙蝙蝠牙齒可以做冷藏櫃嘛。

現在天氣愈來愈熱，就算只是冰在裡面，也比放在常溫下好多了。而且我回來打開冷藏櫃檢查的時候，也發現材料的保存狀態沒有我預料的那麼差。

只是，也還是一樣沒辦法在冷藏櫃裡存放太久。

我需要加緊腳步處理好裡面的所有材料，再決定用多少錢收購，讓常客們下次來的時候可以領到他們賣材料的錢。

「蘿蕾雅。這是寫著收購價跟收款人的清單，還有錢。」

「我知道了……金額好像還滿大的？」

我把沉甸甸的皮袋放到桌上之後，蘿蕾雅就把袋子小心翼翼地藏到櫃檯底下。

她在我這裡工作了好一段時間，應該也已經習慣接觸比較大的金額了，但可能金額大到這個地步還是難免會緊張，表情看起來有點僵硬。

「畢竟是接近整整一個星期的錢。只是我這裡的現金少了很多，該想辦法賺點錢了。」

「原來現在很缺現金嗎？」

「嗯。因為最近主要都在做些賣不了多少錢的東西。」

這麼做是為了提升鍊金術師等級。再做幾種就可以進第五集了，可是也不是一進到第五集，就能馬上賺大錢。

反而會需要花更多錢買材料做第五集裡的東西。

所以我現在應該先做些可以賺錢的商品，等穩定下來再繼續提升鍊金術師等級。

「對了，帳篷的狀況怎麼樣？記得有接到幾份訂單吧？」

「嗯，我也有請村子裡的幾位阿姨幫忙做……可是比我們想像的還要更花時間。應該是因為不習慣縫皮革，再加上好像很多人都在忙……我也很努力幫忙縫了，進度還是有點慢。」

「啊～艾琳小姐也說現在村子裡沒多少空閒的人手。妳不用放在心上。」

我揮揮手要看起來很過意不去的蘿蕾雅別太在意。雖然得請訂貨的採集家們多等一陣子，但畢竟村子裡沒有專業的皮革工匠，也只能請他們乖乖等了。

師父那邊有可以黏合皮革的鍊藥，用那個應該可以做得更快一點……可是那種鍊藥至少不是在前四集裡面，搞不好其實是製作難度很高的東西。

聽說那不是單純把皮革「黏起來」，而是把不同張皮革融合在一起，讓它乍看像是同一張皮革，會比較難好像也不是沒道理？

「可是，後來又有多接到幾份帳篷的訂單……」
「……真的嗎？」
「嗯。好像是已經買到的人把消息傳開的。尤其最近有更多人因為沒地方住，只能露宿野外。蓋貝爾克爺爺他們好像也很努力在蓋要租給採集家的新房子，只是也沒辦法蓋多快……」
「也對，他們之前都在忙著修理被地獄焰灰熊弄壞的房子。」
「而且妳有出錢幫狄拉露女士擴建旅店，他們也得要忙那邊。」
「我想也是。那的確是沒辦法馬上多蓋幾間房子給大家住。」
再加上專業的建築工匠只有蓋貝爾克先生一個人。不過，沒有足夠的建材，好像也是最主要的原因之一。
雖然建材只要跟南斯托拉格那邊訂貨就好，問題是這個村子平常幾乎用不到。
買太多很可能會因為用不到而長期堆放在倉庫裡面，他們應該也很難在確定用途之前先訂好建材。
所以就要先確定是要蓋房子，再估算需要哪些材料，才跟南斯托拉格訂貨，之後還要等到貨才能開始蓋。難免會花上不少時間。
「不過，最近村子裡真的變得這麼多人嗎？我沒怎麼感覺到人有變多耶。」
「珊樂莎小姐最近應該沒怎麼去村子那邊吧？人很明顯多了不少喔。而且也有不少新面孔來店裡。」

「喔～是喔？」

蘿蕾雅有點傻眼地看著我，我則是用含糊的笑容回應她。

我現在都是請蘿蕾雅幫我買食材回來。

而且她會幫我煮飯，不需要去狄拉露女士那邊吃。

店裡也都是蘿蕾雅在幫我顧，再加上她已經有辦法判斷新來的人會帶來賣的東西品質好不好，不需要我特地去店裡鑑定。

如果我家位在村子的中心地帶，我可能還可以從人潮看出人有變多，可是這裡算是郊外。

應該也可以說是我沒有機會感覺到村子裡的人有變多？

「……我偶爾也去村子那邊看看好了。雖然去了也沒有要做什麼，反正就當跟大家打一下招呼。」

耶爾茲女士是我的鄰居，倒還會常常見到面，但是我已經好一陣子沒有遇到狄拉露女士了。

我想想……上次見面好像是談擴建旅店的事情那時候？

而狄拉露女士也因為要忙旅店的工作，不可能主動來找我。

「我也覺得妳應該偶爾出去逛逛。老是待在室內對身體也不好……啊，珊樂莎小姐也算多少有去室外。」

「嗯。因為我還在做劍術的訓練，過一陣子也要去教怎麼栽培藥草。」
我有很多事情要做，實在很難有心情在村子裡漫無目的地散步。
應該說，像我這種年輕人大白天的不工作在外面散步，反而會被人白眼。會感覺到來自很認真務農的村民的銳利視線。
「仔細想想，珊樂莎小姐這麼忙，好像也很難抽空去散步。尤其現在還有小型冷藏櫃的訂單。」
「咦？是嗎？是村民訂的嗎？」
如果以前幾乎沒什麼現金的村民已經賺到有多餘的錢買冷藏櫃，我也是滿高興的……
「不，訂的人是採集家。說是在狄拉露女士那邊喝到冰過的酒，就想自己買一個冷藏櫃。尤其最近這麼熱。」
「妳這麼一說，我才想起來最近她那裡多擺了冷藏櫃。」
聽說多付一點錢，就會提供冰酒。
而這次就是試喝過冰酒的採集家想買來「自己用」。
天氣熱的時候喝冰冰涼涼的飲料真的會通體舒暢。
我自己是不會喝酒，但我懂那種心情。光是冰過的水都會很好喝。
「是說，我都有寫在紀錄上耶，妳還沒看嗎？」

「唔。因為我最近有點忙……」

蘿蕾雅平常都會幫我寫店裡的買賣紀錄。有看過紀錄的話，一定會知道訂單內容。

我尷尬地撇開視線，清了清喉嚨。

「咳咳。嗯，我會再照訂單順序出貨。」

「好，就再麻煩妳了。反正有比較急的訂單，我也會直接跟妳說，妳不用太急著看紀錄也沒關係。」

「謝謝妳。妳真的太可靠了。幸好當初有決定僱用妳來當店員。」

「妳……妳過獎了……」

我一講出真心話，蘿蕾雅就臉頰泛紅，顯得有點害臊，並摀著嘴巴把頭微微撇向一旁。

可是，蘿蕾雅真的精明到會覺得她不像還沒成年，又很會算數，也很有上進心，讓我可以很放心地把店交給她顧。

我本來完全沒有料到她有能力幫我做這麼多事情。

這也是一種好的緣分嗎？

仔細想想，我認識的人——像是師父、艾莉絲小姐、凱特小姐，還有村民，大多是好人。

我不覺得是因為我平常品行端正才能有這種好運氣，但是這麼好的緣分可說是求之不得。應該還是好好珍惜這些緣分比較好吧？

◇◇◇

「總算、總算……可以開始處理熔岩蜥蜴了～」

調查地獄焰灰熊棲息地回來以後過了一個多星期。

我好不容易才搞定蘿蕾雅幫忙收購的材料、飄浮帳篷跟冷藏櫃的訂單，還有其他各種工作，昨天也出門教麥可先生他們怎麼栽培藥草。

不過，其實也只需要仔細傳授我擁有的知識就好，不會花掉我太多時間。大規模農田的「農業」知識說不定去問戈特先生還比較好。

我給的建議頂多就是要他們一半種很好栽培的便宜藥草，另一半種很難栽培的昂貴藥草，避免不小心種失敗吧。

畢竟完全沒東西可以收穫，他們夫婦也會很難生活。

「雖然熔岩蜥蜴也暫時放在冷藏櫃裡，但應該差不多沒辦法再放下去了。要是沒有村子裡的阿姨們幫忙就完蛋了！」

村子裡的阿姨們跟蘿蕾雅是這次默默幫了我大忙的救星。

因為她們一手包辦了最麻煩又花時間的縫帳篷工程。

而我當然有付適當的工錢給她們，也導致我能得到的利潤變少，不過這麼做符合我「想讓村民有工作可做」的目的，整體而言還是對我有好處，無所謂。

賣鍊器賺來的錢，也多少補足了因為收購材料而減少的現金。

比較麻煩的應該在於現金只會在村子內流動，不會有外來的新錢？唯一的解方就是做些可以外銷的商品。

「我要趕快把熔岩蜥蜴的材料做成商品，來解決這個問題才行。」

冷藏櫃裡有四隻熔岩蜥蜴的外皮。

當時有我這個鍊金術師在場，再加上凱特小姐的弓術非常精湛，讓這些皮都得以維持在非常好的狀態。一般採集家很難弄到這麼好的熔岩蜥蜴皮，加工順利的話，應該可以賣到不少錢。

我要努力把它做成值錢的商品才行！

「熔岩蜥蜴的材料應該還是適合加上抗火跟隔熱功能吧。」

其實不加工也可以防熱水跟高溫水蒸氣，可是特地加工的話，效果就會強化到是名副其實的可以抵擋岩漿。

「要加工就要準備不少火屬性的材料……好吧。」

我手邊相對比較多的，就只有火焰石。

可是幫熔岩蜥蜴的皮加工需要的是其他種材料。

而且那是這附近採集不到的材料，不會有人帶來給我收購，我只能從師父或雷奧諾拉小姐那邊進貨。

「現金好不容易才變多一點，又要變少了啦～雖然加工成功就可以回本了。」

那萬一失敗呢……？嗯，我就會虧錢虧到崩潰。

因為我才剛買了一大堆材料要把《鍊金術大全》第四集剩下的部分做完。

虧錢的話，搞不好還得自己深入大樹海賺錢。

「沒關係，我絕對不會失手！……但我還是一隻隻慢慢弄吧。」

同時處理四隻熔岩蜥蜴的皮可以只忙一次，也可以省下一些材料。

可是不小心失手，就會吃上四倍的損失。

一次處理一隻，失敗的時候就只會損失一隻的材料。

我現在有點缺錢，四隻都泡湯是真的會影響到我收購採集家帶來的材料。

所以這次與其省錢又省麻煩，還是多花點時間比較保險。

「把熔岩蜥蜴的皮洗乾淨，丟到鍊金爐裡面。加進一個塔爾布的根，一匙亞修布蘭達的粉。再加三滴佩爾吉的萃取液……」

鍊金術材料用掉一匙粉或是一滴液體，都等同是一次花掉一枚銀幣或金幣。

當然不能有任何一丁點的浪費。
我非常謹慎地添加材料，避免不小心灑出來。

Episode 4
The Unexpected Visitor

意外的訪客

「對了，店長閣下，凱特跟蘿蕾雅學魔法學得怎麼樣？」

某天吃早餐的時候，艾莉絲小姐像是突然想起這件事一樣，用很期待的語氣詢問我。不過，很抱歉——

「學魔法不會這麼快就有成果啦～如果真的可以輕鬆學會，這世上的魔法師一定會比現在還要多。」

「哦，原來如此。」

艾莉絲小姐點頭表示理解，凱特小姐跟蘿蕾雅也苦笑著說：

「是啊。雖然是有點抓到感覺了，可是……對吧？蘿蕾雅。」

「對。也只是隱約有抓到感覺而已。」

「那艾莉絲妳呢？學得還順利嗎？」

「我嗎？我覺得還算順利……店長閣下怎麼看？」

艾莉絲小姐一開始是跟蘿蕾雅她們一起練習魔法，只是後來發現她雖然有魔力，卻缺乏釋放魔力的才能。

於是我決定馬上改變教學方針，換教她不需要釋放魔力也能用的體能強化。

而大概是因為她本來運動神經就很好，這方面倒是很有才能。但她也才剛開始練習沒幾天。

艾莉絲小姐表情顯得有點得意，可是整體來說……

「妳再多加把勁吧。」

「咦！我……我還很爛嗎？真的嗎？」

「是沒有到爛，只是還不到可以實際運用的程度……妳現在還不能隨心所欲地施展，而且施展成功的時候還會一口氣把魔力耗光，不是嗎？」

跟她打模擬戰的時候，她有時候會突然動作變得很快，或是突然跌倒。

陪她對打的我很難應付她這樣忽快忽慢的，還很怕害她受傷。

有仔細看艾莉絲小姐的魔力怎麼流動，是勉強能看出她施展體能強化的時機。我觀察魔力的技術好像也因為這樣變好了。

「妳絕對不可以在實戰的時候用喔。不然妳搞不好會受重傷。」

「我……我知道。如果跟我打模擬戰的不是店長閣下，我搞不好已經受傷了。嗯，話說回來，她們兩個學魔法的進度怎麼樣？」

艾莉絲小姐可能是察覺到情況對自己不利，連忙轉回先前的話題。我對她露出苦笑，同時稍稍思考怎麼解釋蘿蕾雅跟凱特小姐的情況。

「我想想，她們都能感應到魔力，也能主動操控。再來就是學更細膩的魔力操作跟讓魔法成功施展出來，但是應該還需要一段時間。」

不曾接觸魔法的人第一個遇到的難關就是「感應魔力的存在」。

要感應到肉眼看不見的魔力對新手來說很困難，她們三個都很輕鬆地就闖過了這個難關。

可能是她們本來就有足夠的資質，再加上天天接觸我這裡的鍊器，還有待在因為刻印而無時無刻有魔力在流動的房子裡。

「這樣啊。凱特不打算學攻擊魔法嗎？」

「咦……？兩種同時學應該……很難吧？店長小姐。」

「也要看是會在什麼部分碰到瓶頸，不過妳能學會現在練習的魔法，應該就有辦法學會攻擊魔法了。每個人的資質會影響到攻擊魔法的威力，凱特小姐跟蘿蕾雅在這部分倒是沒有問題。」

鍊金術會比較重視操控魔力的技術，攻擊魔法最主要是受魔力量影響，所以前者可以藉著訓練來加強，後者卻是幾乎完全看天生的資質而定。

而操控魔力的技術愈好，當然也可以更有效率地運用攻擊魔法，只是攻擊魔法一定還是魔力量愈多愈好。

就算操控魔力的技術不如人，也一樣可以靠魔力量強行提升威力。所以其實有很多人是因為這樣才選擇當魔法師，而不是鍊金術師。

「妳們兩個的魔力量很夠，攻擊魔法應該會比較好學……要改學攻擊魔法嗎？」

我這麼問完以後，凱特小姐只稍微想了一下，就開口回絕。

「……不了。照原本的計畫學就好。我本來就不是想學攻擊魔法。」

「畢竟妳是要學退休以後能用的魔法嘛。那蘿蕾雅呢？」

「我也一樣。我也說過我應該沒什麼機會用到攻擊魔法，再加上我也沒有厲害到可以同時學很多事情。」

「嗯，我也覺得這樣比較好……不過，我覺得妳會這麼多技能已經很厲害了。」

我不希望她去做危險的事情，本來就不打算推薦她學攻擊魔法，而且她很會煮飯，還能在鍊金術師的店裡幫忙顧店，也把很多麻煩的工作學得很熟練。

蘿蕾雅這樣不算厲害，那要怎樣才叫厲害？

「那個，店長閣下，我呢……？」

「啊，艾莉絲小姐學不來。」

我無情說出事實，讓本來用有點期待的眼神看著我的艾莉絲小姐瞬間變得垂頭喪氣。

「唔唔……」

「因為妳不適合釋放魔力的魔法啊。如果給更厲害的人教，或許還有辦法學會，但是我沒有很會教人……」

「我覺得店長小姐很會教啊。至少比我母親好太多了。」

「對啊！我也覺得妳教得很好懂！」

「是嗎？我只是直接把在學校學到的知識告訴妳們而已。」

「妳讀的學校是這個國家的第一學府吧？那不就代表我絕對學不起來……」

「…………」

我無法否定。

因為鍊金術師培育學校的教師就某方面來說，等於是這個國家裡擁有最優秀教學技巧的人。

「可……可是，艾莉絲小姐有學體能強化的潛力啊——」

匡啷、匡啷。

我正要安慰艾莉絲小姐的時候，就突然被店面傳來的呼叫鈴打斷。

「咦？是客人嗎……？」

我們面面相覷，對在蘿蕾雅開始幫我顧店之後已經很久沒聽到的這陣鈴聲感到疑惑。

「好難得。居然會有人在開店之前來。」

「對啊。會不會是初來乍到的人？」

我的店的開業時間跟打烊時間都是固定的，不只村民，連採集家都不可能在非營業時間上門。

新來的採集家說不定不知道營業時間，可是很明顯沒開店，卻還特地按呼叫鈴——

「店長閣下，會不會是需要緊急治療的病患？」

「啊！這倒有可能！」

我想起艾莉絲小姐的案例，連忙站起身，但凱特小姐搖頭否定這個可能性。

「應該不是吧？假如是需要緊急治療的病患，一定會急得大喊店長小姐的名字。尤其這個村子裡沒有人不知道妳的名字。」

「說得也是……去看看就知道了。店長閣下，我也跟妳一起去。」

「那我也一起去。」

「反正搞不好有什麼我可以幫忙的事情。」

就算不是需要緊急治療的病患，也不改的確有人要找我的事實。

我一動身前往店面，大家也一起跟著我走來。

如果是病患，人手多一點確實比較方便，可是如果只是一般客人……算了，無所謂。

匡啷、匡啷。

「好，來了～」

我在聽到彷彿在催我去應門的鈴聲之後加快腳步，動手開門。

「請問……是哪位？」

站在我面前的是一位很老成，年紀感覺已經稍稍過了壯年時期的男子，以及一位年輕貌美的黑精靈女性。他們不是村民，也不太像採集家。

偶爾會有商人來我店裡，可是看起來又不像……

——呃，所以他們到底是何方神聖？

我狐疑地仰望著他們，隨後，男子就往後退了一步，在簡單低頭致意過後說：

「失禮了。請問這裡是珊樂莎閣下的店嗎？」

「我就是珊樂莎。」

「妳就是……？」

兩人看起來有點驚訝地睜大了眼睛，直直盯著我看。

「對……」

記得應該沒有說好誰會來找我吧？

就在我這麼想的時候，跟過來的艾莉絲小姐她們也探頭看往門外，大喊：

「爸爸？」

「媽媽！」

「「……什麼？」」

她們出乎意料的反應，讓我跟蘿蕾雅不禁異口同聲。

呃，爸爸跟媽媽？

不對，正確來說，男方是艾莉絲小姐的父親，女方是凱特小姐的母親。應該……不是夫婦吧。她們又不是姊妹。

是說，凱特小姐的媽媽也太年輕了吧！

真不愧是精靈。跟凱特小姐站在一起只會覺得是姊妹耶！

「喔喔，艾莉絲、凱特。那果然就是這裡了。」

「為什麼爸爸你們會來這裡？」

男子看起來鬆了口氣，艾莉絲小姐她們卻是有點困惑。

她們大概也沒聽說自己的爸爸跟媽媽會來拜訪吧。

如果只有艾莉絲小姐知道，是有可能只是她不小心忘記，可是凱特小姐知道的話，應該不會忘記通知我。

「那當然是因為我們有事情要來找妳們。」

「我想也是……啊～店長閣下，抱歉，方便讓我爸爸他們進去裡面嗎？」

我沒有問過她們是來自哪裡，但應該是從很遠的地方來的。

艾莉絲小姐可能是覺得事情不會太快談完，用很過意不去的表情這麼問我。而我當然也答應了。

「啊，好。抱歉，還要妳提醒。希望兩位不介意裡面很窄。」

「謝謝。」

「打擾了。」

我邀請兩人進去家裡。

這間房子沒有會客室那種時髦的東西，所以我帶他們到廚房兼餐廳。

同時也是我們剛才吃早餐的地方。

總覺得最近好像比往常容易有客人來，說不定真的該考慮加蓋會客室了。

我是有在艾莉絲小姐她們住下來之後準備了新的桌子跟椅子，有兩個客人來也不至於坐不下，可是——

「唔，我們打擾到妳們吃飯了啊。抱歉。」

這種時候就會有點傷腦筋。

「不會，我們剛好已經吃完了。」

我們剛才是在飯後喝茶休息，我並沒有說謊。

我迅速整理好桌面，請他們就坐。

「不好意思，我這裡沒有適合待客的房間……請坐。」

「不不不，是我們臨時拜訪不好。別放在心上。」

「好的，真的很不好意思。」

兩人很客氣地坐下之後，蘿蕾雅就把茶遞給他們，並稍稍低頭致意。隨後，她小聲告訴我「我去做開店前的準備」，離開了房間。

還留在這裡的我、艾莉絲小姐跟凱特小姐一坐到椅子上，艾莉絲小姐的父親就開口說：

「我先自我介紹。我是厄德巴特．洛采。是艾莉絲的父親。」

「我是卡特莉娜．史塔文。也是凱特的母親，現在侍奉洛采家。」

厄德巴特先生是一名嘴邊留著鬍子，看起來有點老成的中年男子。

他給人的印象讓他看起來比實際年齡年長，但仔細一看，就發現他沒有我想的那麼年邁，應該四十歲左右。

而卡特莉娜女士乍看完全只像是凱特小姐的姊姊，不過得考慮到她是精靈。

既然她是凱特小姐的母親，那應該至少超過三十五歲吧？

畢竟我記得凱特小姐曾說自己二十一歲。

順帶一提，似乎是純精靈血統的卡特莉娜女士不像凱特小姐是要聽她提起才會注意到精靈的特徵，耳朵跟膚色都非常明顯看得出是精靈。

「啊，是。我是鍊金術師，名字叫珊樂莎。也是這間店的店長。」

「我聽說我女兒她們常常受妳照顧。謝謝妳。」

「真的很謝謝妳。」

「不……不會不會，這不算什麼……」
看到他們端正坐姿，微微低頭向我道謝，我也連忙低頭致意。
是說，原來艾莉絲小姐是貴族啊。
雖然我之前就在猜她可能是了。
我懷著這種想法偷偷瞥了艾莉絲小姐一眼，接著她就有點著急地不斷揮手。
「啊，沒有，我不是刻意瞞著妳的。嗯，我只是不希望妳太在意我的身分！」
「呃，我什麼都沒說啊。」
再說，我本來就不會因為對方是貴族，就改變我的態度。
如果是很久以前的我倒很難說，只是在師父的店裡工作，就會常常看到所謂的「貴族」被一腳往屁股踢下去，直接踹出店外的景象。
師父真的是天不怕地不怕耶。真不愧是大師級的鍊金術師。
「而且我爸爸雖然是貴族，也只不過是個擁有兩座小村莊的騎士爵，區區一個小貴族而已！很微不足道，嗯！」
就算是看我不怎麼說話才連忙解釋，也講得太狠了吧！
其實她說的可能是事實啦，可是也讓厄德巴特先生聽得皺起眉頭來了。
「喂，艾莉絲，我是不否定妳的說法，但妳可以再講得委婉一點……」

「啊。爸……爸爸，我絕對不是在說你的壞話！我只是……不想讓店長閣下太介意這件事，才會……」

艾莉絲小姐又接著換跟厄德巴特先生解釋。

我覺得「微不足道的貴族」怎麼聽都像是壞話，但是厄德巴特先生只是露出苦笑，輕輕搖了搖頭。

「嗯，我知道。妳不要在公眾場合這麼說就好。畢竟還要考慮到其他貴族的顏面。」

這倒是真的。

因為就算這麼說的本意是出於謙虛，卻也等於是把其他騎士爵也說成「微不足道的貴族」。

艾莉絲小姐大概是終於察覺到這一點，縮起身子說：

「對……對不起。我以後會注意。」

「嗯。拜託妳了。」

凱特小姐也掛著苦笑看著艾莉絲小姐，不過她馬上變得一臉嚴肅，轉而對優雅點頭的厄德巴特先生提問。

「厄德巴特大人，您來找我們有什麼事嗎？我們沒聽說您會特地過來一趟……」

「喔，其實……」

顯得有點難以啟齒的厄德巴特先生跟坐在一旁的卡特莉娜女士面面相覷，在輕嘆一口氣之後才遲疑地開口。

「艾莉絲。我們今天是來帶妳回去的。」

這句話換來了截然不同的兩種反應。

「帶我回去……？咦？為什麼？」

艾莉絲小姐一臉困惑，而凱特小姐則是反應相當激烈，站起來的時候幾乎是要把椅子踢開，並用力拍打桌面，大聲喊：

「對啊！我們當初還針對這件事討論了那麼久——！」

「妳先冷靜下來，凱特。」

「媽媽！可是！」

卡特莉娜女士把手放到激動的凱特小姐肩膀上，用柔和的語氣安撫她的情緒。

「在厄德巴特大人面前不可以這麼無禮。」

「唔……對……對不起。」

這番話讓凱特小姐無法反駁，並在將視線轉向厄德巴特先生之後微微低頭道歉，坐回椅子上。

「沒關係，她會這麼激動也是合情合理。只是情況突然生變了。」

厄德巴特先生一臉愁容，卡特莉娜女士也是差不多的表情，看來他們或許也是逼不得已。

「那個，我是不是先離席比較好？畢竟聽起來是家務事……」

發現他們談的是私事的我正準備起身時，艾莉絲小姐卻舉手制止我。

「不，店長閣下，妳留下來吧。如果我非回家不可，就必須跟妳談談之後該怎麼還妳錢。」

「這……說得也是。」

雖然我相信艾莉絲小姐她們不會故意不還錢，可是也很難抱著「妳們隨時都可以寄欠的錢過來喔！」的心情送她們離開。

因為剩下的欠款對我來說，也不是一筆小數目。

「那，爸爸，你這次來找我們有什麼事？不是說好我跟凱特一起到外面賺錢還債嗎？」

原來如此。艾莉絲小姐跟凱特小姐兩個年輕女生會組隊當採集家，是因為要還錢啊。

「……嗯？奇怪？請等一下。艾莉絲小姐該不會還有欠除了我以外的人錢吧？」

「唔！沒……沒錯。抱歉一直沒跟妳說！」

「正確來說不是艾莉絲欠的，是『艾莉絲他們家』。」

艾莉絲小姐尷尬得支支吾吾起來，讓凱特小姐接著幫忙補充說明。

我在聽到她們這麼說之後把視線轉往厄德巴特先生，就看見他皺著眉頭承認。

「對。說來也是挺丟人的。」

「可是那是因為飢荒，才會不得已——！」

「別說了。我沒有預先做好準備，本來就是沒有盡到領主的本分。」

艾莉絲小姐主張不是父親的錯，可是厄德巴特先生卻打斷她，搖頭表示是自己沒有盡責。

——不過，說到飢荒……

有時候每個領主面對飢荒的反應會截然不同。

有的領主看到領民挨餓，還是會毫不留情地繼續徵稅。

有的領主會降低稅金，減輕領民的負擔。

也有的領主會購買糧食，救濟自己的領民。

聽起來，厄德巴特先生應該是選擇救濟。

就算是財產不多的騎士爵，應該也不會是因為自己沒東西吃才借錢，而從艾莉絲小姐的個性來看，想必也不是平常太過奢侈才會沒錢。

「所以艾莉絲小姐妳們才會來當採集家，多少還點錢嗎？」

「對。雖然我們還不算及格的採集家，但還是希望可以幫家裡湊點錢。」

「而且不想點其他辦法的話，欠的錢大概永遠不會變少。」

「畢竟是貴族……我想也是。」

貴族主要的收入來源有兩個，一是國家固定給付的資金，二是領民上繳的稅金。

固定給付的資金會依照爵位決定金額，數字上不太容易出現變動。

如果可以接下國家分派的其他重要職務，也是有可能變多，可是騎士爵——尤其還是有領地的貴族，幾乎不可能有這種機會。

至於稅收，則是領地變得愈繁榮，就能收得愈多……可是只擁有兩座村莊的領地，當然不可能輕輕鬆鬆就繁榮起來。而且借的錢愈多，利息也會變多，會是很沉重的負擔。

有的貴族可以一邊經營領地，一邊靠著副業賺錢，但也要領主本人的腦袋極端靈光，才能在這種情況下讓事業成功。

一般領主想這麼做反而容易踢到鐵板，搞得欠的錢愈來愈多。

所以，讓艾莉絲小姐她們出來賺錢還債，應該還算比較腳踏實地的做法。

「對了，我方便問問你們借了多少錢嗎？」

「我現在欠店長閣下一大筆錢，妳有權利知道。我們家欠了大約六千五百萬雷亞——對吧？爸爸。」

「對。加上妳們賺的錢，已經稍稍低於六千五百萬了，可是離六千四百萬還有很大一段距離。」

厄德巴特先生非常理所當然地說出這番話，不過——

「呃，會不會太多了？你們應該只有兩座村莊吧？」

一般差不多六個人左右的平民家庭夠省的話，十萬雷亞就可以活過一整年。

鬧飢荒應該也不至於由領主包辦所有生活費，不需要資助每一戶十萬雷亞，可是用十萬來算，也有六百五十戶人家。

就算有一部分是利息多出來的，只有兩座村莊的領地也不應該會借這麼多錢。

「有不少難民聽說我們會資助領民，就跑來我們領地裡面……所以也需要錢幫助那些難民。」

「原來如此，難民啊……」

既然厄德巴特先生的領地會鬧飢荒，就表示除非他的治理能力有相當大的問題，不然周遭領地也一定是一樣的狀態。

要是隔壁領主對領民太過苛刻，難民會想跑去願意全力資助人民的厄德巴特先生的領地也不奇怪。

而要幫助那些難民，需要的就不只是食物，還要另外提供住處等資源。

「還有利息。剛借錢沒多久那段時間完全沒有餘力還錢，所以現在欠的錢其實比我們當初借的數目還要大。」

「利息帶來的負擔真的不小……」

卡特莉娜女士補充說明完過後，厄德巴特先生也如此沉重嘆道。

看來比較麻煩的問題還是在於難民。原本的領民只要等天候恢復正常，就能正常生活；難民則是完全沒有在新地方生活的基礎資源。

這導致領主需要持續資助他們，根本沒辦法還錢。

結果就是讓利息不斷生出更多債務。

聽說他們在借完錢的幾年後才終於有餘力還錢，只是變得比當初更多的債務光是利息就相當可觀，單靠稅收還錢，也很難減少本金的部分。

「最近多虧艾莉絲她們，債務已經開始慢慢變少了，不過……」

「自從我受重傷之後……」

「因為我們要優先還欠店長小姐的錢。」

她們似乎是以沒有要求拿東西抵押跟寫契約書的我這邊為優先，最近幾乎沒有送錢回老家。

「妳們也真老實。我這邊不會有利息，大多人遇到這種情況，應該會先擱置我這邊才對……」

「怎麼可以先擱置店長閣下這邊！我們家的家訓是有恩必報！本來就應該優先還清欠店長閣下的錢！——對吧？爸爸。」

「嗯。那當然。」

艾莉絲小姐語氣堅定地出此宣言，並看向厄德巴特先生，尋求同意。厄德巴特先生似乎是覺得很驕傲，大力點頭表示認同。

不過，凱特小姐接下來這番話，又讓他繼續皺起了眉頭。

「那為什麼要叫她回家？我們還沒還清償店長小姐的債。」

「……情況突然生變了。」

「對方要求我們一次還清債務。」

「太過分了吧——！」

卡特莉娜女士的話讓艾莉絲小姐跟凱特小姐啞口無言。

「既然厄德巴特先生是貴族，那你們是跟一樣是貴族的人借錢嗎？」

「對。我們是跟這附近的領主——也就是治理南斯托拉格跟這個村子的坍德（貪得無厭）・吾豔從男爵借錢。」

「我們的領地跟吾豔從男爵的領地相鄰。但真的只是一片很小的領地。」

厄德巴特先生對我的提問給出肯定回答，艾莉絲小姐也接著補充說明。

不過，這下我懂了。

我就覺得艾莉絲小姐跟凱特小姐對這個村子的領主有點敵意，原來是因為這樣……

不對，我自己也覺得看領主對這個村子的態度，的確足以讓人對他懷抱敵意。

畢竟他不只不打算資助領民，還叫人繳更多稅。

「那個吾豔從男爵當初就是故意趁人之危，把利息訂得很高。現在居然又要我們一次還清！」

艾莉絲小姐忿忿不平地大喊，厄德巴特先生則是在一陣低吟過後，搖搖頭說：

「還款期限老早就過了，我們沒資格抱怨。我也是想方設法從其他地方湊錢，可是以我們領地的規模，實在很難籌出這麼大一筆錢……」

不可能會有人願意借六千萬雷亞以上的大錢給一個只擁有兩座村莊的騎士爵。

他大概就是這個意思吧。

「只有一個地方願意借我們錢，可是……」

卡特莉娜女士沒有把話講明白，但艾莉絲小姐一看到她的表情，就嘆了口氣，像是能夠理解他們來找自己的用意，也像是有點放棄掙扎。

「會在這種時候叫我回去，就表示對方是要用跟我結婚當作借錢的條件吧？」

厄德巴特先生跟卡特莉娜女士默默點頭，表示艾莉絲小姐的猜測沒錯。

「怎麼這樣！那夫人……夫人是怎麼說的！」

「夫人也不贊成。她說『我沒辦法做這種像是把女兒賣掉的事情』。我當然也是持反對意見……」

「但我們是貴族。本來就應該把領民放在第一順位。有時候即使不得已，也得把個人情感擺在一邊。」

厄德巴特先生一臉嚴肅地說出這番話，讓艾莉絲小姐壓低了視線。
「的確。我本來就有多少做好心理準備了……這也是必要的犧牲。」
「艾莉絲！妳真的願意就這樣犧牲自己嗎？」
「畢竟我是貴族。而且貴族千金被迫跟其他人結婚，不也是很常見的事情嗎？我這個年齡甚至算晚婚了。有人想跟我結婚，反而是好事吧？」
凱特小姐揪起艾莉絲小姐的衣領逼問，艾莉絲小姐反倒是微笑以對。不過，她的表情看起來卻有點令人心痛。
「可是——！」
「沒關係，凱特。在領民需要幫助的時候出手幫忙——就是貴族的本分吧？不過，爸爸，我們還沒還清欠店長閣下的錢……」
「嗯，我知道。我用整個家裡的財產籌出了這些錢。這些錢應該夠妳們還清債務，也可以多給她一些錢當謝禮。」
厄德巴特先生說著就從懷裡拿出小袋子，放到桌上。
凱特小姐用像是搶的力道接過袋子，把裡面的硬幣倒到桌上。她迅速數完有幾枚以後，便稍稍揚起嘴角，說：
「厄德巴特大人，這些錢完全不夠還。連一半都還不起。」

「什麼？怎麼可能！妳們欠的不是治療費嗎？怎麼會不夠……妳該不會！」

厄德巴特先生銳利到甚至釋放出壓迫感的視線直直扎在因為不太方便插嘴這種話題，而只是默默在一旁聆聽的我身上。

「爸爸，不是你想的那樣！會欠這麼多錢都是我自己的責任！所以，請你不要這樣瞪店長閣下。」

「咦！那……那個……」

艾莉絲小姐從椅子上站起來，替困惑的我擋住厄德巴特先生的凶狠視線。

「艾莉絲……可是，治療費貴成這樣，也太不合理了……」

厄德巴特先生有點吃驚地說道，隨後艾莉絲小姐緩緩搖了搖頭，說：

「治療費的價碼非常合理。不對，搞不好還太便宜了……」

「這到底是怎麼回事？好好說清楚。」

皺著眉頭的厄德巴特先生說出的這番話讓艾莉絲小姐稍做遲疑後，才放棄繼續保密，回答：

「其實我之前在採集途中不小心失手，差點沒命。不只一隻手臂被扯下來，還中毒了……」

「什麼！我可沒聽說這件事！」

「——！」

厄德巴特先生大聲叫吼，卡特莉娜女士則是面色鐵青，倒抽了一口氣。

艾莉絲小姐輕輕吐出一口氣，像是已經預料到會有這樣的反應，並接著說：

「我寫信給你們時已經康復了，所以才沒有解釋詳情，避免害你們懷抱不必要的擔心。」

「唔唔唔……不過，妳的手看起來還能活動自如啊？」

「對，這也是多虧有店長閣下幫我治療。如果店長閣下沒有來這個村子，我早就沒命了。就算能活下來，大概也會永遠失去一條手臂。」

「我能肯定她說的是真的。而且我本來只求幫她保住一命，因為手臂被扯下來的傷……真的很嚴重，我當時幾乎已經不認為她的手能接回去了。」

凱特小姐補充說明當時的詳細情況。

提到導致艾莉絲小姐受傷的最根本原因是那兩個不成熟的採集家時，厄德巴特先生跟卡特莉娜女士都皺緊了眉頭，但兩人一聽到最後順利平安康復，就鬆了口氣。

「是店長閣下救了當時受重傷的我。我們當時明明才第一次見面，她卻願意只因為凱特口頭上保證會還錢，就用非常昂貴的鍊藥幫我治療。」

「原來如此……這樣治療費會這麼貴的確合理——不對，看妳右手現在完全不像有被扯斷過，甚至會覺得太便宜了。」

厄德巴特先生在伸手觸碰艾莉絲小姐能夠正常活動的右手後這麼說道，臉上浮現了摻雜安心與讚嘆的神色。

他隨後就轉過來看向我，開口對我道歉。

「珊樂莎閣下，真的非常抱歉。我竟然對妳如此無禮。」

「沒……沒關係，一般本來就會覺得治療費貴成這樣很不合理。」

金額大到平民一輩子努力工作都賺不到這麼多錢。

在不知情的情況下知道治療費這麼貴，難免會覺得可能是被敲竹槓了。

「謝謝妳的原諒。我也要再次鄭重感謝妳救了我女兒一命。」

「這也得要感謝凱特小姐。因為要不是當時凱特小姐毫不遲疑答應我用昂貴的鍊藥，我就不會用這種藥幫忙治療了。」

「這樣啊。謝謝妳，凱特。」

「不會，我只是做我應該做的事罷了。」

凱特小姐嘴上說是這麼說，卻也能看見她有點得意地揚起嘴角。

她的母親卡特莉娜女士看見自己女兒這樣的反應，也露出微笑點了點頭。

「但這下可傷腦筋了。我還以為這筆錢夠還清治療費……我們扛著大筆負債，已經無法再籌出更多錢了。」

他們說就是因為艾莉絲小姐的婚約讓他們還清大筆債務的錢有著落了，才會把勉強籌出的錢拿來還治療費。

只是好像沒料到這筆錢會用光——甚至還不夠還債。而且光是這筆錢全部用來還債，就會讓他們在經營領地上變得綁手綁腳。

所以他們似乎沒辦法再籌出更多錢了。

「那，果然還是——」

難掩高興情緒的凱特小姐才說到一半就被厄德巴特先生打斷。他一臉正經地看著我，說：

「珊樂莎閣下，妳對我們如此寬容，其實我很不好意思再多提一個要求，不過，我們可以晚點再還清妳這邊的債務嗎？我會寫借據，也會付利息給妳。」

「呃……」

我自己是覺得只要他們願意還，多等一下也無所謂……可是凱特小姐，拜託妳不要露出那麼期待我幫忙的表情！

厄德巴特先生雖然是騎士爵，卻也只是普通的——不對，從態度來看，他是個品格相當高尚的貴族。

我不像師父只要覺得對方很失禮，就會無視貴族身分直接踢出去。我只會給出在常識範圍之內的答案！

「你願意寫借據的話……我是不介意晚點還。」

「這樣啊，太好了。」

「…………」

凱特小姐，妳用「妳竟然背叛我！」的眼神看著我，我也不能怎麼辦啊。

我又不敢對厄德巴特先生這樣的貴族說「請你馬上用現金付清」、「不付錢的話艾莉絲小姐就是我的了！」、「你一天沒把錢還清，艾莉絲小姐跟凱特小姐就要在我這裡做白工一天～！」之類的話。

「……厄德巴特大人，您要不要再想想看？」

凱特小姐似乎從我的表情看出我幫不了忙，便轉頭看向厄德巴特先生，嘗試說服他。

「就算這場婚姻是為了領民好，也不改艾莉絲是洛采家繼承人的事實。您答應這份婚約的話，等於是被商人奪走繼承人的位子。」

可是他們應該也是跟整個家族的人討論過後，才決定來帶艾莉絲小姐回去，決心應該相當堅定。

厄德巴特先生聽到凱特小姐這番話之後依然不改嚴肅神色，有些疲憊地搖搖頭說：

「我當然也不太想答應這場婚姻，但是對方知道我們扛著龐大負債，仍願意有條件地借錢給我們這樣的小貴族。不可能會是什麼壞人。」

他的語氣聽起來無精打采的，像是在說給自己聽。艾莉絲小姐也露出了消沉的笑容。

「或許真的不是什麼壞人。而且對方很有錢的話，以後又發生飢荒的時候，說不定就不需要找人借錢了。」

「艾莉絲……」

凱特小姐看到艾莉絲小姐這副模樣，反而是她的雙眼先開始泛起淚光。

我……我待在這裡好尷尬啊！

貴族本來就有可能要接受這種不得已的婚姻，可是這件事卻發生在自己認識的人身上……

——呃，我可以先離開嗎？

「那，爸爸，對方是什麼樣的人？」

「嗯。對方是個青年，才剛繼承最近猝逝的父親留下的事業，掌管南斯托拉格的大商會。我曾跟他見過面，給我的感覺是個開朗有禮貌的人。名字叫做野仕·窩德（也是我的）。」

「……嗯？」

我不禁出聲表達疑惑。

總覺得好像在哪裡聽過這個名字……？

「不好意思！我知道各位事情還沒談完，但是可以先給我一點時間嗎？」

所有人都用狐疑的視線看往舉手打斷話題的我。

「啊，當然。我們不介意。反正本來就沒辦法當天來回。我們不急。」

「謝謝。那麼，我先失陪一下……」

我對顯得很疑惑的厄德巴特先生敬禮。

接著看向桌上，跟凱特小姐說：

「凱特小姐，可以幫我拿新的茶……還有點心出來嗎？我記得蘿蕾雅做的餅乾還有剩。」

「啊，好，說得也是。我知道了。」

我們一直在聊很嚴肅的話題，所以我希望大家可以吃點甜食，讓氣氛輕鬆一點。我拜託完凱特小姐之後，就離開了房間。

◇◇◇

我處理完要事回來之後，室內的氣氛也比剛才緩和了一些。

嗯，這一定是蘿蕾雅親手做的餅乾帶來的效果。

她做的餅乾真的很好吃。

……我還有點捨不得分給他們吃呢。

「啊，店長小姐，妳回來啦。」

「嗯，我回來了。」

「店長閣下，妳剛剛去哪裡了？」

「我剛才想調查一些事情。不好意思，讓各位久等了。」

我坐到椅子上，微微低下頭道歉。厄德巴特先生搖搖頭說：

「沒關係。反正這樣剛好有時間問她們兩個詳情。那，珊樂莎閣下。請容我再向妳說聲謝謝。謝謝妳救了艾莉絲。」

「我也要向妳道謝。幸好有珊樂莎小姐幫忙，艾莉絲大人才能活下來。」

厄德巴特先生跟卡特莉娜女士說完就對我深深敬禮。

「啊，不不不，請你們抬起頭來！而且兩位剛才也道過謝了！」

被地位比較高的人這樣對待，我會很慌啊！

「可是，我剛剛還對珊樂莎閣下無禮……」

我慌張地揮起手跟搖頭，這時，艾莉絲小姐跟凱特小姐略帶苦笑地插嘴說：

「爸爸，你們這樣讓店長閣下很不知所措。」

「媽媽也是，你們這樣對店長小姐畢恭畢敬的，反而會讓她很困擾。」

「是嗎？那好吧。不過，珊樂莎閣下無疑是艾莉絲的救命恩人。有什麼我幫得上的忙，都儘管說。」

「嗯。雖然我能幫的事情可能不多……但我也可以幫忙。」

兩人在艾莉絲小姐她們的協調（？）之下抬起頭來，我才總算鬆了口氣。

「萬一真的需要幫忙，就再麻煩兩位了。不過，艾莉絲小姐能活下來，有很大部分是因為她運氣好……」

當時我這裡碰巧有可以治療艾莉絲小姐傷勢的鍊藥，只能說她真的很幸運。

假如現在又有一樣傷勢的人上門尋求治療，我也不知道有沒有辦法治好……不對，也不是治不好，只是我珍藏的超高級鍊藥拿來治那種傷絕對是大材小用，到時候我一定會非常猶豫該不該用掉它。

而且治療費會比艾莉絲小姐需要付的金額高上許多，就算對方指控我是故意用特別昂貴的鍊藥，我也無法否認。

但是在這種鄉下地方，根本不可能常備效果剛好可以治療臨時上門的重症傷病患的鍊藥。

所以抱怨「本來應該可以用更便宜的藥治療」，也只會讓鍊金術師覺得是在無理取鬧。

可是說「我沒有不會太過高級又剛好可以用來治療的鍊藥，所以不幫忙救治」，也感覺會惹上麻煩。這問題真的不好處理。

「那，店長小姐，妳剛剛去調查什麼？應該跟我們剛剛談的事情有關吧？」

「對。我感覺曾在跟雷奧諾拉小姐談生意的時候聽過厄德巴特先生剛才提到的名字，就去跟她確認是不是同一個人。」

幸好我有共音箱。

前陣子擺好之後只有檢查能不能正常運作，一直沒機會用到，沒想到會在這種時候派上用場。

「妳說的雷奧諾拉是？」

「爸爸，雷奧諾拉是在南斯托拉格的鍊金術師。」

「南斯托拉格的……可是，妳怎麼問她的……？」

厄德巴特先生聽到艾莉絲小姐的說明之後是知道了雷奧諾拉小姐的身分，卻不懂我們是怎麼聯絡的，臉上寫滿了疑問。

「我這裡有個叫共音箱的東西。厄德巴特先生知道這種鍊器嗎？」

「……我聽說過。也聽說有些上流貴族會有這種東西。所以妳是用共音箱聯絡她嗎？」

「對。因為我們都是鍊金術師。」

「居然！」

厄德巴特先生訝異得睜大了雙眼。

實際上，不是鍊金術師的話，也的確就像厄德巴特先生說的，要上流貴族才有足夠本錢跟能力在家裡放共音箱來用。

畢竟距離愈遠就需要愈多魔力，太近又會失去放共音箱的意義。

共音箱就是一種有點尷尬的鍊器。

「店長閣下，雷奧諾拉小姐說了什麼？」

「嗯，她說──」

首先，藉著陷害許多鍊金術師扛下大筆負債來賺取暴利，還打算把我當成肥羊的都仕．窩德後來就跟我們預料的一樣，從人間消失了。

他似乎很努力籌錢，但最後還是來不及湊到需要的金額，被地下社會的人解決掉了──這是雷奧諾拉小姐的猜測。

不對，雷奧諾拉小姐好像很肯定這就是事實，大概是有從哪些管道打聽到正確的情報吧。尤其一般鍊金術師不太可能掌握得到這麼多消息。

而父親人間消失之後，經營窩德商會的事業就交給他的兒子野仕．窩德繼承。

也就是這次結婚事件提到的那位商人。

我跟雷奧諾拉小姐的計畫似乎讓窩德商會的規模變得比先前小上不少，卻也因為他們原本是規模非常大的商會，沒有落得破產的下場，而且還握有不小的權勢。

──但也只是表面上。

內部缺錢缺得非常嚴重。

所以聽說現在的窩德商會正面臨莫大的危機。

「雷奧諾拉小姐說他們『現在絕對不可能有能力給出那麼大一筆錢』……」

而且這次的事情跟吾豔從男爵有關，總覺得背後一定有什麼詭計。

雖然也可能只是我對他的偏見啦。

「唔唔唔，我當時還覺得他人看起來不錯，怎麼會……」

「我曾聽說騙子都不會把自己是壞人寫在臉上喔，厄德巴特先生。」

「這……的確滿有道理的。」

厄德巴特先生像是突然放鬆下來般嘆了口氣，他的臉上很明顯透露出精神上的疲憊，來我這裡以後一直隱約散發出來的緊張感也變淡了。

他一定是煩惱了很久才決定犧牲艾莉絲小姐，結果對方卻是個騙子，難免會覺得自己完全只是白忙一場。

「可是，窩德商會為什麼會想跟我們家族攀關係？我父親只是小小的騎士爵，又不是特別有錢。」

艾莉絲小姐有點不解地提出疑問，但我搖頭否認：

「就算只是騎士爵，也一樣是貴族。大概是覺得未來可以藉著你們的貴族身分做些什麼吧。而且——雖然這麼說不太好聽，可是現在的窩德商會能挑的下手對象也很有限。」

艾莉絲小姐似乎不怎麼在乎平民跟貴族的差異，其實差異非常大。

就算只是低階的貴族，地位也跟平民是天差地別。

我一指出這一點，厄德巴特先生就發出一陣低吟，聽起來是覺得很不甘心。

「唔……所以他們才會想對我們家族下手，是吧。畢竟只要稍加調查，就能知道我現在很缺錢。在他們眼中一定是個很好下手的肥羊。」

「而且吾豔從男爵說不定也跟他們是一夥的，只是還沒有確切證據。他們說不定有交換情報，或是私下談過債務的處理方式。」

窩德商會跟吾豔從男爵。

考慮到還有之前那次風波，他們幾乎是一定有暗中勾結，可是對方不只是貴族，還是領主。

可是好像連雷奧諾拉小姐也很難打聽到詳情，所以還沒辦法確定是真的有掛勾。

「總之，看來我們是不能答應這場婚事了。就算他們真的能準備那麼多錢，也不應該讓那種人進來我們洛采家！」

「厄德巴特大人！」

凱特小姐一聽到這番話，立刻面露欣喜。

艾莉絲小姐跟卡特莉娜女士雖然沒有開口，卻也能看見她們的平靜神情上明顯多了幾分安心。

「可是，爸爸，那家裡的債務……」

「的確又是個問題了。雖然又回到了起點，但如果要為領民著想，就更不應該跟那種心懷不軌的商會借錢。」

嗯，天知道那種人當上洛采家的當家，會怎麼治理領地。

我猜絕對不可能會願意資助受飢荒所苦的領民。

「不過，照這樣來看，他們會有這麼大的動作，可能也是我害的。」

「不，應該跟珊樂莎閣下無關吧？畢竟是我們自己要借錢，還不起債務也是出於我的能力不足。」

「因為我認為我把窩德商會逼到快破產，可能也是原因之一。」

厄德巴特先生一臉狐疑，我也只是搖了搖頭。

當然，前提是窩德商會跟吾黜從男爵真的串通起來要求厄德巴特先生馬上還錢。

可是，吾黜從男爵幾乎沒道理要求把債務一次還清。

他要求的利息很高，讓厄德巴特先生幾乎都在還利息。

也就是說，他長期靠利息賺錢，一定會比要求一次付清更好賺。

除非吾黜從男爵是基於某種原因缺錢，很需要龐大的現金，不然他提出這樣的要求其實很不合理。

大家看我在煩惱這一點，就一臉擔心地要我別太放在心上。

「的確不是不可能，可是店長閣下當初的決定並沒有錯。妳不需要自責。」

「是啊。畢竟店長小姐打擊窩德商會，也真的拯救了不少人。」

「聽妳們這麼說，我心裡有比較好過了。」

「——不過，我們還是得想辦法籌出這筆錢。」

「我也很希望可以幫上你們的忙……」

之前我們靠著暴利從都仕・窩德那裡賺來的錢大多拿去幫助被他騙的鍊金術師了，再加上我之後買了很多高成本鍊器的材料，現在手邊的現金非常少。

艾莉絲小姐他們家的債務金額也不至於誇張到把我倉庫裡一些存貨賣掉也絕對湊不到，只是那麼做會讓我沒辦法繼續經營鍊金術店，而且那些庫存也不是很好賣的商品，光是要找到買家就得先花上不少工夫。

說賣掉就湊得到錢，也只是單論那些鍊器的賣價而已。

如果可以輕輕鬆鬆把自己的資產轉成現金，都仕・窩德現在絕對還活著。

雖然艾莉絲小姐他們還不出錢也不至於賠上性命，卻也一定不會有好結果……

我不忍心對艾莉絲小姐見死不救，所以會先把不惜低價拋售鍊器換現金當成最後手段。而現在應該先做的是——

「我想先看過一遍跟吾豔從男爵借錢的借據，厄德巴特先生有帶在身上嗎？沒有的話，也可以告訴我詳細的契約內容就好。」

「借據嗎？我沒有帶來，但是內容都還記得。不過，借據能派得上什麼用場？」

厄德巴特先生一臉疑惑地看著我，而我則是故意講得比較保守，避免不小心讓他們以為我看了借據就能解決問題。

「我想確認一些事情。可以麻煩您告訴我嗎？」

「好，當然沒問題。首先是借款金額——」

厄德巴特先生對壞人的戒心不太夠，但是的確是非常有能力的一個人。

他連借款條件的細項都記得很清楚，也能流暢回答我問的所有問題。

我在從他口中得到所有疑問的答案之後露出燦爛笑容，語氣相當肯定地說：

「嗯，這有可能違法了。」

「違法？妳指我跟他借錢違法嗎？」

厄德巴特先生雙眼圓睜，像是對我的答案感到意外。我再次肯定表示：

「是借錢的條件可能違法。我們國家的貴族跟國內其他貴族借錢會有些限制，您知道是什麼限制嗎？」

「不，我不知道。卡特莉娜，妳知道嗎？」

「很遺憾，我也不知道……畢竟您也知道我不是從小就待在這個國家。」

厄德巴特先生看向卡特莉娜女士，詢問她是否知情。卡特莉娜女士似乎也不知道是什麼限制，很過意不去地搖頭否定。

「喔，說得也是。抱歉。」

「不會，我很滿意現在的環境，也很感謝厄德巴特大人。」

嗯……凱特小姐是混血兒，我有點好奇卡特莉娜女士的經歷……算了，那不是現在的重點。

「我當然也不知道。畢竟我根本不記得有學過貴族的常識！」

「艾莉絲，這沒什麼好得意的吧？雖然我也不知道是什麼限制。店長小姐，妳說的限制條件是什麼？」

「簡單來說，就是利息跟還款期限有限制。這筆債務違規了。」

這個國家的法律大致上分為兩種。

一種是由國王訂立，效力遍及全國的國法；另一種是由領主訂立，只在領地內有效的領法。

國法雖然有標準不太明確的時候——部分法條會附註「詳細將交由國王本人判斷」——也依然是有明文化的法律，相對的，領法則是完全看領主的心情。

不只沒有記載法規內容的文件，有些領地的法律還會因為領主善變，出現朝令夕改的情況。

不過，就算是在這種領主說了算的領地裡面，也不被允許違反國法。如果想強行讓領法的效力高於國法，領主就會遭受懲罰。

更不用說是個別契約裡的各種條件了。

國法有針對貴族借款的利息上限、抵押跟還款期限規定一些限制。

基本上都是讓借款方比較好還錢的限制。

至於為什麼會這樣規定，是因為國家想減少扛著龐大負債的貴族，也算是要避免國王的權勢受到威脅。

否則有些貴族很可能會因為負債，跟其他貴族變成從屬關係。

國王不可能容許應該為自己效忠的人去侍奉其他人。

所以才會頒布這樣的法律。

順帶一提，鍊金術師的地位、權利跟義務也是國法規定的。

也因為是國法，導致一些比較煩人的領主也很少找鍊金術師麻煩，讓鍊金術師就算要去人生地不熟的地方開業，也不用太過擔心。

「原來有這種法律。是沃爾特疏忽了。厄德巴特大人，真的很對不起。」

「不，這不能怪他。畢竟我自己也不知道這種法律，再加上我們當時本來就處在不論對方提出什麼條件，都只能硬著頭皮借錢的狀態。」

卡特莉娜女士面色沉痛地低頭道歉，厄德巴特先生則是搖頭表示當時本來就是無可奈何。

沃爾特先生是凱特小姐的父親——也就是卡特莉娜女士的丈夫，厄德巴特先生不在家的時候，沃爾特先生似乎就會成為他的代理人，跟艾莉絲的母親一起掌管洛采家。

而平常都是沃爾特先生在處理洛采家事務，這筆借款也是他去談的。

換句話說，想賣掉艾莉絲小姐的也是他。

唔……雖然應該是逼不得已，但還是覺得不太能諒解。

不過，我的感受並不是重點。

「我不是想袒護他，可是我認為他會不知道也多少是情有可原。畢竟連貴族都可能不知道了，何況是陪臣……」

這麼說其實不太好聽，騎士爵這種小貴族身邊的陪臣，本來就不可能有機會學習詳細的國法。

如果是大貴族的陪臣，說不定還能從上一代那裡吸收知識，再傳授給下一代，可是厄德巴特先生這種地位的貴族應該很難學到相關知識。

有另外僱用專家可能還好，只是我也不認為騎士爵有足夠財力這麼做。

「嗯……原來如此。可是，珊樂莎閣下為什麼會知道得這麼清楚？」

厄德巴特先生聽懂我的解釋之後，又忽然用充滿疑問的視線看向我。

我點頭回應他這個理所當然的疑問，並嘆著氣回答：

「因為在鍊金術師培育學校裡要學很多事情。」

鍊金術師培育學校是由國家直接經營，除了教導鍊金術以外，也會傳授非常多領域的專業知識。

甚至還包含了未來只當鍊金術師的話，根本不太有機會用到的知識。

就好像是在培育擁有各種知識的通才，而不是單純培育專業的鍊金術師……

這部分大概跟國家政策有關，我也不清楚詳情。

不過，國內也是真的很缺乏鍊金術師人才，所以跟鍊金術師無關的課程及格分數會設比較低，避免學生因為這些課程不及格而當不上鍊金術師。

這也使得學生們用心程度一定會低於鍊金術相關的課程，讓我有機會多賺到不少獎勵金。

「所以，其實有的鍊金術師也會不熟悉這類知識。啊，不對，正確來說是一定有學過，但是記不記得是另一回事。」

應該說，假如是只求分數有及格的鍊金術師，大概一考完試就會忘記了。因為都是些幾乎用不到的知識。

「對了，這筆借款被認定違法會怎麼樣？」

「會被要求在合理的限制條件下，重新計算債務金額。已經支付的還款金額超過重新計算出來的數字，就會被認定已經償還所有債務，有時候還可能會退錢回來。」

「哦！」

我舉手要聽起來很高興的艾莉絲小姐冷靜，並接著說：

「就我聽到的範圍來說，違法的可能性是很高沒錯，可是我也不是這方面的專家，而且對方是敢要這種手段的人。說不定故意鑽了什麼漏洞。」

我聽到的只有厄德巴特先生知道的契約內容。

這種詐騙手法有時候會故意設下不容易察覺的陷阱，因此簽契約的當事人自身的認知很可能是錯的。

「專家……去王都就能找到這方面的專家嗎？」

「對，而且師父曾說以前有人就是靠專門處理這種事情，賺了不少暴利。」

我說的「這種事情」並不是指法律相關事務，而是專門處理借貸關係——尤其是違法借貸的債務清算。

只靠這種方法賺錢不需要學習太多知識，工作內容也很固定，委託人給的酬勞也是只要能從還給他們的錢裡面分到幾成，就絕對不會吃虧。

因為真的可以輕鬆賺大錢，聽說這種人還會特地拜訪感覺有借錢的貴族，詢問是不是需要協助。

「只是最近沒什麼人在做這一行了。好像是因為很多人會莫名其妙早逝。」

「什麼莫名其妙，早逝的原因不難猜吧？這種人一定會同時招惹到好幾個心術不正的貴族。」

凱特小姐有點傻眼地說完，就聳了聳肩，露出諷刺笑容。

「嗯，我也覺得大概就是妳想的那樣。所以現在找不到專門處理借貸的專家，不過還是有專門調停各種貴族紛爭的專家，找他們幫忙應該……有機會解決吧。」

畢竟還是要看借貸契約文件的內容而定，我不敢保證一定可以解決問題。

「而且就算找專家幫忙，也要等上很長一段時間才能等到調停結果，你們可能還是要馬上還錢。就算之後錢會退回來也一樣。」

借據的效力會一直持續到調停結果出來，萬一吾豔從男爵在那之前就先依據契約內容對洛采家的領地下手，也不能抱怨什麼。

錢或許晚點會退回來，可是有些事情一旦發生，就無法挽回了。

「也就是說，我們還是一樣需要錢吧。」

「如果金額再少一點，是還可以考慮動員家裡所有人出外賺錢來籌錢……」

卡特莉娜女士像是受到嘆氣的艾莉絲小姐影響，跟著憂鬱說道。

嗯，他們的借款的金額確沒有小到派幾個人賺錢就湊得到。

而且至少要賺個好幾年，才能多少還上一點。

「對了，艾莉絲小姐，你們家裡總共有幾個人可以幫忙賺錢……？」

「唔……」

我這麼一問，不只是艾莉絲小姐，連厄德巴特先生他們都一起尷尬地撇開了視線。
「我們家族的陪臣，呃……只有史塔文家。」
「而且成年人只有我們夫婦、艾莉絲、史塔文夫婦跟凱特。」
「這……這樣啊……」
呃，所以，意思是——總共只有六個成年人，而且這六個人裡面現在不在場的，就只有艾莉絲小姐的母親跟凱特小姐的父親。
這怎麼可能賺得到。
再怎麼努力賺錢，都不可能靠一般的工作賺到這麼大的數目。
至少短期內是不可能。
「我跟凱特也有妹妹跟弟弟，可是他們年紀都還小。」
艾莉絲小姐有兩個妹妹，凱特則是有一個弟弟。
而且前者未滿十歲，後者才剛斷奶。
完全無法期待他們能幫忙賺錢。
「你們應該也不知道還有誰願意……借你們錢吧？」
「嗯。說來丟臉，我剛才給珊樂莎閣下的錢，已經是四處拜託別人借錢之後才勉強籌出來的金額了。」

我想也是。有人願意借的話，他們就不會這麼傷腦筋了。

「看來也得把返還爵位列入考慮了……」

「爸爸！這怎麼行……」

艾莉絲小姐語氣著急地大喊，厄德巴特先生只是緩緩搖了搖頭。

「會落到這步田地，也是出於我能力不夠。既然沒有其他辦法，也只能把這當作我們未來的選擇之一了。」

「爸爸……」

「「厄德巴特大人……」」

啊，呃～這是什麼悲情戲碼嗎？

我跟艾莉絲小姐她們的交情並沒有淡到可以讓我說出「是啊。您就是沒有能力籌出這筆錢的貴族，還能怎麼辦呢」這種狠話。

「可是，就算返還爵位，你們的債務還是不會消失啊。情況反倒會惡化。」

只擁有兩座小村莊的小貴族收入還是比平民高，再加上借貸方面的限制也是貴族才有的特權。

拋棄貴族身分就不再適用那些規定，無法藉由調停解決這次的借貸問題。

他們現在唯一的方法就是藉著貴族的權力向領民強制徵稅。

而如果還不出這筆錢，艾莉絲小姐、凱特小姐跟她們的弟妹，都不可能會有什麼好下場。

「唔……那我們到底該怎麼辦才好……」

艾莉絲小姐看到厄德巴特先生煩惱得一臉愁容，先是偷偷看了我一眼，又接著看往厄德巴特先生的表情。隨後，她提心吊膽地說：

「店長閣下，這種事情其實很難以啟齒，不過，有沒有辦法……跟店長閣下的師父借錢？」

「師父嗎？唔～～」

「珊樂莎閣下的師父？可就算是鍊金術師，也很難拿出……這麼一大筆錢吧？」

「厄德巴特大人，其實店長小姐的師父是大師級的鍊金術師喔。」

「什麼！」

我雙手環胸，開始思考。

師父的現金的確很可能隨便都超過這筆數目。

而且光是有一定能耐，手邊還留著很多現金的鍊金術師，就不至於拿不出這筆錢。實力不需要到師父那種等級。

當然，現在的我沒有能力弄到那麼多現金。

「去拜託師父的話，她或許會幫忙，可是……」

我如果去跟師父哭訴「我欠了一屁股債！」，她應該會一邊挖苦我，一邊二話不說地先幫我還清，再把我帶回王都的店裡做白工，做到還完她幫我出的錢。

畢竟她好像也承認我是她的徒弟。

可是，如果是幫我認識的人還債……好像就很難說了？

「我保證一定會還清這筆錢。雖然已經欠妳很多錢了，還要再麻煩妳先墊錢也是很過意不去，但是……但是，我希望妳可以幫我們這個忙！求求妳！」

「店長小姐，求求妳了！」

艾莉絲小姐跟凱特小姐把頭壓低到額頭都碰到桌子了。

一旁的厄德巴特先生跟卡特莉娜女士似乎很猶豫，顯得不知道該不該跟著拜託我。

這也難怪，他們兩個今天跟我是第一次見面。

我們沒有熟到可以求我借錢，再加上要借的金額也很大。

而且他們兩個大人應該也很難拉下臉拜託年紀比自己女兒小的我。尤其不是要跟我本人借錢，是拜託我去跟師父借錢。

我自己也是很想幫他們這個忙啦……

厄德巴特先生不知道是不是感覺到我這份遲疑，先是搖了搖頭，才對艾莉絲小姐她們說：

「艾莉絲、凱特。妳們這樣會造成珊樂莎閣下的困擾。抬起頭來。」

「可是，爸爸，我們已經沒有其他人可以拜託了……」

「畢竟我們都不認識有錢人。因為洛采家只跟經濟狀況差不了多少的貴族往來。」

贊同艾莉絲小姐意見的卡特莉娜女士忽然說出毫不客氣的這番話，使厄德巴特先生額頭上的皺紋又皺得更深了。

「唔。」

「媽媽……」

這下傷腦筋了。

我努力跟師父求情的話，說不定是可以借到這筆錢，可是金額真的太過龐大，我實在不好意思只是純粹跟她借錢。

至少也要像冰牙蝙蝠牙齒那時候一樣，請她收購一般情況下賣不完的材料，幫忙換成現金。

而最有效率的賺錢方法，就是透過本業賺錢，而不是逼自己去做不熟悉的事情……好！

「或許有一個方法……可以讓我們不需要跟師父借錢喔。」

「真的嗎？是什麼方法？」

我對立刻回應的艾莉絲小姐點點頭，講出自己的想法。

「艾莉絲小姐。我是鍊金術師，妳們是採集家。平常的工作內容是什麼？」

「——收集鍊金材料，是嗎？呃，可是，賣材料也湊不到這麼大一筆錢……雖然熔岩蜥蜴材料的賣價是比原本預料的還高。」

「可是，艾莉絲，請媽媽跟厄德巴特大人……還有爸爸一起來收集鍊金材料，搞不好——」

「只收集普通的鍊金材料應該還是湊不到這麼多錢。除非妳們可以弄到很珍貴的材料。妳們還記得什麼東西的材料會很珍貴嗎？」

「珍貴的材料……？」

艾莉絲小姐跟凱特小姐本來還困惑地眨了眨眼，不知道我指的是什麼，但凱特小姐很快就察覺到我想說什麼，用半信半疑的表情戰戰兢兢地說：

「……店長小姐，妳說的該不會是火蜥蜴吧？」

「沒錯！弄到牠的材料，就可以籌出還清負債的錢。其實有誰願意買也是個問題，但應該拜託師父幫忙找買家，就能解決了。」

雖然這樣又得仰賴師父幫忙，可是單純的「請妳借我錢」跟「請幫忙收購很難賣的材料」相較之下，明顯是後者比較好開口。

而且師父也叫我送些珍貴的材料給她，火蜥蜴的材料應該夠符合她的期待了。

如果她不願意收購，再故意跟她哭訴吧。說「我明明照妳說的送珍貴材料給妳了耶～」。

「可是，店長小姐，妳不是說火蜥蜴危險到我們不可能打得過嗎？」

「是啊。連我都知道火蜥蜴有多危險。就算真的很急著籌錢，籌到連命都沒了也沒意義。我反對去狩獵火蜥蜴。」

「是啊，要凱特去那麼危險的地方……我也很不放心。」

眾人眉頭深鎖，厄德巴特先生話中也聽得出他很擔心艾莉絲小姐她們的安危，卡特莉娜女士則是一臉不安。我馬上搖搖頭說：

「我當然不會只讓她們兩個去打火蜥蜴。畢竟那幾乎等於是去自殺。」

「那……該不會店長閣下要自己去吧？難道店長閣下可以輕鬆打倒火蜥蜴……？」

艾莉絲小姐用期待的眼光看著我——

「不，我自己一個人也打不倒牠。不過，我有類似……大絕招的東西，有人願意幫我的話，說不定打得倒？我會先問問看師父可不可行。」

問過確定可行的話，就很值得一試。

雖然厄德巴特先生也已經不打算讓艾莉絲小姐跟野仕・窩德結婚了，可是我也不希望艾莉絲小姐家就這麼面臨破產的命運。

我想盡我所能幫她的忙。

畢竟我們有這個緣分當上朋友嘛。

「嗯，鍊金術師的大絕招啊。珊樂莎閣下用那樣的大絕招不會受傷嗎？我是很高興妳願意幫我們，可是……」

「不會。只是用完這招以後會有一段時間不能動，我需要有人可以平安帶我回來，而且最好還要可以在獵火蜥蜴時支援我。只有一個人陪我去也不是不行，但人多一點還是比較安全。」

「店長小姐，妳說不能動，是像地獄焰灰熊那時候那樣嗎？」

凱特小姐大概是想起我當時有好幾天都無法動彈，神色顯得很不安。我搖頭表示不會有一樣的問題。

「不，會比那一次好很多。這次只要稍微休息一下就能動，只要有人在我不能動的時候保護我就好。」

上次好幾天不能動真的很麻煩。

因為我甚至沒辦法自己去廁所，就會產生不少問題……算了，還是忘記這件事吧。

我們所有人都不該記得那段時期的事情。

「我去也無妨嗎？妳們順利打倒火蜥蜴之後，應該也需要人手把材料帶回來吧？」

「那我也要參加。這次的事攸關洛采家的存亡，只交給珊樂莎小姐處理就太不負責任了。」

厄德巴特先生跟卡特莉娜女士立刻自告奮勇，但是——

「我想拜託艾莉絲小姐跟凱特小姐來幫忙。可以嗎？」

「那當然，我怎麼可能拒絕！這個忙我一定幫！」

「我當然也沒問題。雖然我不知道能幫上店長小姐多少……」

艾莉絲小姐她們二話不說就答應了，可是厄德巴特先生跟卡特莉娜女士或許是很擔心自己的孩子，臉上顯露些許不滿。

「為什麼是找她們去？我是有點年紀了，但我的實力也不輸艾莉絲。」

「是啊。找我幫忙會比找凱特更可靠吧？」

厄德巴特先生看起來的確有鍛鍊過身體，卡特莉娜女士也是教凱特小姐弓術的老師。

「艾莉絲小姐、凱特小姐，妳們覺得呢？」

「嗯。爸爸對自己身為騎士很自豪，我的實力遠遠比不上他。」

「說起來其實很不甘心，我的弓術應該還不及媽媽……」

哇喔。先不論艾莉絲小姐，凱特小姐的弓術是真的厲害到出神入化。

那卡特莉娜女士的弓術不就強到難以想像？

我訝異地看向他們兩個，就發現他們不知道是不是很高興被自己的孩子誇獎，可以看到兩人即使表情平靜，卻也得意地微微揚起嘴角。

不過——

「唔～這樣啊。可是，這次我還是希望由艾莉絲小姐跟凱特小姐來幫忙。」

厄德巴特先生看我聽到她們這麼說，也沒有改變想法，又開始顯得不太開心。這時，艾莉絲小姐稍稍鬆了口氣，說：

「爸爸。你也知道在戰場上很需要信任自己的戰友吧？我跟店長閣下之間存在這種信任。」

「唔。我跟珊樂莎閣下的確是今天才認識。論信任這一點，我確實是站不住腳。」

厄德巴特先生有點心不甘情不願地接受艾莉絲小姐的說法。我是不太想在她得意洋洋地挺著胸膛的時候潑冷水啦……

「不，這次跟信不信任無關。」

我直截了當的一句話，讓艾莉絲小姐臉上的得意神情瞬間變為對我的錯愕。

「居……居然無關！那我跟店長閣下之間的信任呢？難不成只是我自己的幻想嗎？」

「啊，我當然很信任妳們。只是這次是出於別的理由，才會比較想找妳們。」

我一邊安撫艾莉絲小姐的情緒，一邊說明為什麼不能找厄德巴特先生幫忙。

「要跟火蜥蜴對打，就需要可以防噴火跟高溫的防具，但是我沒有太多材料可以做。」

我前幾天才處理完本來要當成隔熱材料賣給師父或雷奧諾拉小姐的熔岩蜥蜴皮革。

那些皮革可以做成用來對抗火蜥蜴的最低標準裝備。

但上次只獵到四隻熔岩蜥蜴。

如果要做鞋子、手套跟外衣，頂多幫比較嬌小的我、艾莉絲小姐跟凱特小姐各做一套。

最多讓卡特莉娜女士代替她們兩個人其中之一去狩獵，體格明顯很魁梧的厄德巴特先生就完全沒辦法了。

「就算用上我這邊只處理到一半的材料，也要花一個月才能做好。我們沒有時間再去狩獵熔岩蜥蜴……你們還債的期限剩沒多久了吧？」
他們應該是真的束手無策，才會想來帶艾莉絲小姐回去。
厄德巴特先生果然皺起了眉頭，低聲沉吟。
「唔唔唔，的確剩沒多久……我們只剩兩個月……不對，最多應該能延到三個月？」
「那就沒辦法了。假設我們真的順利打倒火蜥蜴，也還需要一點時間把牠的材料賣掉，換成現金。」
一般材料只要拿去鍊金術師的店裡給對方收購，就能馬上換到現金，可是我就是負責收購的那個鍊金術師。我手邊沒有足夠現金當場（？）買下這些材料。再說，我真有這麼多現金，就不需要去獵火蜥蜴了。
就算想拿去其他店給其他鍊金術師收購，也要找到跟師父差不多等級的鍊金術師，才能賣到它應有的價格。
不過，要讓材料的品質不在搬運到很遠的鍊金術店路上劣化，也是件很困難的事情。
……啊，說得也是。搬運。這也是一個瓶頸。
「那個，厄德巴特先生，卡特莉娜女士。兩位不介意的話，可以麻煩你們幫忙搬東西嗎？」
「為什麼？」
「因為就算能打倒火蜥蜴，也很難只靠我們三個人搬回來……」

「原來如此。論力氣是我比較厲害。交給我吧。」

厄德巴特先生不知道是不是很高興自己能幫上忙，喜形於色地答應了。

「我們也可以帶村子裡的採集家去，可是那樣就要分配酬勞給他們了。我其實很不好意思讓身為貴族的厄德巴特先生做這種雜事……」

「沒關係，妳不需要擔心這個。反正我也只是個微不足道的貴族。真要說的話，艾莉絲不也一樣姑且算是貴族千金嗎？」

「爸爸，你說『姑且算是』也太過分了吧！」

「這不是事實嗎？畢竟妳還沒學好貴族禮儀，就跑去學劍術了。」

厄德巴特先生搖搖頭，對艾莉絲小姐投以覺得很傻眼，卻也放棄多說什麼的眼光。不過，現場還有另一道覺得很傻眼的視線落在他身上。

是來自卡特莉娜女士。

「厄德巴特大人。當初興沖沖教艾莉絲大人劍術的，不就是您自己嗎？您聽到她說想變得跟爸爸一樣厲害，就高興得不得了。」

「……嗯？哪有這回事？」

厄德巴特先生講得像是不記得發生過這件事，可是他撇向一旁的視線徹底透露出了真相。

「有。您不只沒有制止揮舞樹枝的艾莉絲大人，還很開心地看著她。夫人當時還問我該怎麼辦呢。」

「我也記得。我會開始練弓術也是因為那件事。」

凱特小姐比艾莉絲小姐年長。

艾莉絲小姐有能力自己揮舞樹枝的時候，凱特小姐一定也已經懂事了。

「因為艾莉絲大人長大成人以後會需要有人在旁邊輔佐。假如艾莉絲大人的喜好跟一般貴族千金一樣，我本來也打算教凱特貴族禮儀……」

卡特莉娜女士看向艾莉絲小姐，深深嘆了口氣。

「唔，抱歉，凱特。害妳得跟我一起學武。」

「我不在意。反正我也覺得練弓術比逼我去學貴族禮儀有趣多了。而且我也剛好有弓術才能，不是嗎？」

艾莉絲小姐有點過意不去地道歉，凱特小姐則是面帶笑容搖了搖頭。

只要看過凱特小姐的弓術技巧，就知道她這番話並不是在說謊。

厄德巴特先生不知道是不是認為繼續聊下去會對自己不利，突然清了清喉嚨，重新拉回正題。

「那麼，珊樂莎閣下，大概什麼時候能出發？」

「我想想，我接下來得先準備需要用到的鍊器……一個月。我們一個月後出發吧。」

「好。那我們也需要先回去一趟。畢竟要派人去延長還款期限，也要跟他們說明詳情。」

「的確——但我認為沃爾特知道的話，應該會想一起來。」

「這可不行。他還有管家的工作。」

據說沃爾特先生是文武雙全，甚至連外貌都相當俊美的英才。也難怪他明明是人類，卻能擄獲身為精靈的卡特莉娜女士的芳心。

雖然簽借貸契約的時候似乎不小心疏忽了，但他依然擁有足夠能力代替領主厄德巴特先生掌管大小事，也是洛采家的支柱。

反過來說，就是只要他一離開，洛采家就會陷入空轉，甚至沒有人能幫忙談借款的還款期限。他就是這麼重要的一個人物。

「……嗯？請沃爾特先生代替厄德巴特先生來，不是比較好嗎？」

他們這次上門拜訪原本是要帶艾莉絲小姐回去，而且事態緊急，厄德巴特先生又是一家之主兼艾莉絲小姐的父親，本來就有必要想辦法騰出時間過來。

可是下次呢？

下次來就只是單純幫忙搬東西。

既然要回去一趟，下次就不需要洛采家的當家厄德巴特先生親自過來了吧？

我這份理所當然的疑問，使洛采家的所有人都同時陷入沉默。

「「「…………」」」

「咦？」

我說錯話了嗎？艾莉絲小姐對感到疑惑的我露出尷尬的笑容，語氣含糊地說：

「啊～店長閣下。這話其實很難以啟齒……沃爾特可以代替父親處理各種事務，可是反過來就……」

我偷偷瞥了厄德巴特先生一眼，發現他雙手環胸，臉色不太好看。還閉起了眼睛，就像在躲避我的視線。

哦，看來好像是不該問的事情？

他大概是不太擅長處理書面工作吧。畢竟是艾莉絲小姐的爸爸。

——沒關係，我很會看氣氛的。

我點點頭。

「那……那麼！我們來討論詳細行程吧！」

看是會看，但我沒說我可以化解尷尬。

我有點強硬地轉移話題，跟大家討論該怎麼安排之後的行程。

No 007

鍊金術大全：記載於第七集

製作難度：普通

一般定價：600,000雷亞以上

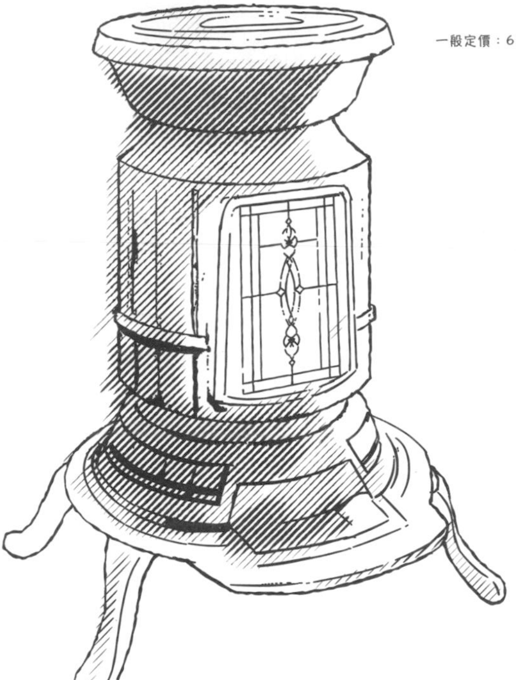

〈魔熱爐〉

只需要消耗一般人非常少的魔力就能正常發熱。一個魔熱爐就足以滿足一家人所需的熱能，讓你再也不用做累人的劈柴工作。可以當作暖氣，或是用來煮飯，甚至能在寒冬時期使用熱水。擁有它的話，你從今天開始就可以享受人人嚮往的室內澡了！※提供熱水與調理功能配件需額外加購。

Episode5

火蜥蜴

前情提要。

因為一定要打得贏火蜥蜴才能籌出錢，所以我得先跟師父打聽這種魔物的強度。而師父也給了我「妳努力一點的話，應該打得過正常強度的火蜥蜴吧」這樣的可靠（？）答案。

努力——

我當然打算努力打倒火蜥蜴，只是我有點不放心。

畢竟我又不是戰鬥專家。

所以我要靠自己的本業來打倒牠。

最重要的裝備是抵擋火蜥蜴噴火攻擊的「防熱外套」。

這種外套的構造簡單來說，表面會用熔岩蜥蜴的皮革加工，反面則是地獄焰灰熊的皮革。

底下還會鋪一層隔熱材料，最裡面再隨便用一種適合的皮革做內裡。

這裡面最重要的當然是熔岩蜥蜴的皮革。

其實熔岩蜥蜴皮革的反面要用什麼皮革可以依預算決定，但我這次先不考慮成本，只考慮盡可能提高隔熱效果，才會選用地獄焰灰熊的皮革。

反正我這裡也剛好還有庫存。

隔熱材料部分是把做魔導爐的材料拿來應用，用作內裡的皮革會附加的冷卻功能則是類似冷卻帽子的做法。

就某方面來說，這很接近至今做過的鍊器的綜合版。

可能也因為這樣，防熱外套才會是在《鍊金術大全》第五集裡面。

而我現在還沒把第四集的鍊器做完。

這也是為什麼我本來打算把熔岩蜥蜴的皮革處理乾淨以後就拿去賣掉……可是這次需要打倒火蜥蜴，就得改變計畫了。

所以我現在正在趕工製作第四集裡面只剩幾種沒做的鍊器。

我之前就準備好要用到的材料了，再來就只要拚命趕工就好！

只是需要犧牲一點睡眠時間！

不過，我這樣忙到睡得比平常少，似乎也害蘿蕾雅很擔心——

「珊樂莎小姐，妳還好嗎？我看妳好像很勉強自己……有什麼我可以幫忙的事情嗎？」

我幾乎是把店全權交給蘿蕾雅顧，自己窩在工坊裡面。來叫我吃飯的蘿蕾雅一臉擔憂地探頭看著我的臉。

我已經熬夜第三天了。今天早上還看到臉上出現有點濃的黑眼圈。

可能是這樣才會讓她這麼擔心，但熬夜三天還不成問題。

「沒關係、沒關係，妳願意幫我煮飯就已經幫我很大的忙了。畢竟我沒吃飯的話，也沒辦法這麼拚命趕工。」

鍊金術師常常會埋頭研究到忘記吃飯，可是鍊金術師也一樣是人類。不可能連續好幾天不吃飯。

而我則是每一餐都能吃飽喝足，才能窩在工坊這麼久都沒累倒。

「那就好……可是，妳也不要太逞強喔。我會做些補充體力的料理給妳吃。」

我們有把整件事的來龍去脈告訴蘿蕾雅，而她也很為艾莉絲小姐抱不平，並保證會盡全力提供協助。

大概也是因為這樣，她才不會逼熬夜待在工坊的我一定要休息。

「嗯，謝謝妳。妳煮的飯都很好吃，我真的很慶幸有妳在。」

我笑著表達對她的感謝，走往餐廳。蘿蕾雅則是露出靦腆的微笑，說「我幫的這點忙也不算什麼啦」。

隨後，已經在餐廳等著吃飯的艾莉絲小姐跟凱特小姐也不甘示弱，出聲詢問可以怎麼協助我。

「店長閣下，我們可以幫什麼忙嗎？雖然我沒辦法像蘿蕾雅那樣煮好吃的飯。」

「而且我們對鍊金術也不熟。」

「唔～……那，可以幫我獵一些鹿回來嗎？」

老實說，我是不太好意思直接說「沒有需要妳們幫忙的事情」，才會硬擠出一個答案，艾莉絲小姐跟凱特小姐在聽完之後疑惑地面面相覷。

「鹿？普通的鹿就好嗎？」

「不是魔物的鹿？」

「對，普通的鹿。我需要牠的皮。」

防熱外套內裡要用的皮革沒有特別限定要哪種皮。

內裡幾乎只影響舒適性跟耐不耐穿。

所以考慮到觸感跟成本的話，鹿皮會比較剛好。

我本來就有打算買一般的鹿皮革，不過艾莉絲小姐她們願意幫我獵鹿，就可以從剝皮到做成皮革都自己來，成品的效果會稍微好一點。

畢竟也不保證些微的差距不會影響生死……嗯，給她們獵鹿的工作或許意外不錯？

「原來如此。既然獵鹿可以幫上店長閣下的忙，我們就早點出發吧。」

「是啊。而且我也擅長狩獵。」

「以前在家裡吃的肉，也都是凱特或卡特莉娜獵來的。」

「因為不獵點獵物回來，我就沒得吃了。」

據說凱特小姐還在洛采家領地裡的時候常常會去獵鹿當作訓練，順便帶回家當糧食。

所以她才會練就這麼強的弓術技巧。

她一定有辦法輕輕鬆鬆獵幾頭鹿回來。

「那，就拜託妳們了。不用太急也沒關係。」

「好，交給我們吧！」

艾莉絲小姐非常有自信地點點頭，笑著拍胸脯保證一定會完成這份工作。

我快做完第四集的鍊器時，兩人已經順利獵了幾頭鹿回來。

她們不是在不容易看到鹿的這附近獵，而是大老遠跑去環境比較熟悉，也比較能穩定獵到鹿的洛采家領地。

「店長閣下，這些鹿夠嗎？」

「嗯，沒問題。」

「蘿蕾雅，這些給妳。」

「謝謝。那我拿來做今天的晚餐！」

艾莉絲小姐她們帶回五隻鹿的皮，還有五公斤左右的肉。

這次我只需要皮，所以把老家當成狩獵據點的她們，好像把帶不走的肉跟角都留在家裡了。

「這下只要再兩星期就能做好出發準備了……妳們家裡的情況怎麼樣？」

她們很久沒有回家。我詢問她們的家人有沒有說什麼，接著艾莉絲小姐眼神稍稍游移，支支吾吾地說：

「啊～嗯……媽媽她有點擔心，不過──也沒有怎麼樣。」

「我爸爸反而是替我加油打氣，要我好好做好幫手的工作。」

我認為知道自己女兒要去獵火蜥蜴，一般都會是艾莉絲小姐那樣的情況。沒有因為擔心就反對她參加討伐行列，也算是貴族精神使然嗎？

有時候必須付出一些犧牲，也要避免家族面臨毀滅命運之類的。

我是不太懂這種精神啦。

「爸爸那邊也沒問題。雖然好像有點吃不消，但他應該可以在說好的時間過來。」

厄德巴特先生似乎非常拚命地在趕工，因為他要處理之前來這裡時累積的工作，還要預先做好下次來這裡的那段時間不能做的工作。

「那，我晚點要量妳們兩個的手有多大。畢竟鞋子跟手套還是有隔熱效果會比較安心。」

就這樣準備了兩星期多以後。厄德巴特先生跟卡特莉娜女士再次登門造訪，「靠火蜥蜴還清負債大作戰！」也正式展開。

◇◇◇

我們三個——加上厄德巴特先生跟卡特莉娜女士總共五個人，快步順著上一次跟安德烈先生他們一起走過的路前進。

這次的目的是打倒火蜥蜴，把牠的材料帶回去。

我們直直趕往目的地——不對，還是有多少在路上採集一些東西。

看到好東西本來就會想採集一下再走嘛。

而且我做事前準備花掉了不少錢。

反正厄德巴特先生他們沒有抱怨，沒問題的。嗯。

相對的——說相對的也有點奇怪，這段路上真正有問題的是我們只有一組飄浮帳篷，成員卻是四個女性跟一個男性。

就算對方是艾莉絲小姐的父親，要我這樣的年輕少女跟他睡同一個帳篷真的是異常尷尬。

所以我們就直接把夜哨的分組安排成艾莉絲小姐跟厄德巴特先生一組，剩下三個人一組。因為跟凱特小姐和卡特莉娜女士一起睡，就不會尷尬了。

路上遇到的敵人也不會棘手。

因為——

「本來還有點擔心大樹海裡面很危險，看來也沒有想像得那麼糟嘛。」

「是啊。連我都打得倒這裡的魔物。」

艾莉絲小姐說厄德巴特先生跟卡特莉娜女士比自己強，的確是事實。

雖然我們還在大樹海偏外圍的區域，他們兩個卻能一邊輕鬆對談，一邊隨手打倒所有出現在我們面前的魔物。

不過，其實也不能把受過專業戰鬥指導跟訓練的騎士，拿來跟一般採集家比就是了。

尤其成為採集家這種職業的條件說得極端一點，就是只要自稱是採集家就好。

畢竟不需要考試或拿執照，也不像鍊金術師有專門的培育學校。

有的採集家會跟前輩學習戰鬥技巧，可是那些採集家前輩也大多是自己摸索怎麼運用武器，沒有特別拜師學藝。

所以先不論採集技術好不好，很多採集家的戰鬥技巧其實不怎麼強。

考慮到這樣的技術差距，一些只有新手採集家不太敢前往的地方，本來就不足以構成騎士眼中的威脅。

「看來我退休以後也可以考慮當採集家賺錢呢。」

「不，我認為爸爸再怎麼厲害，到了退休的年紀應該也很難避免體力衰退……而且也不是只要會戰鬥，就能當好一個採集家。」

「我知道。我沒有小看採集家。」

艾莉絲小姐不知道是不是覺得厄德巴特先生這番話忽視了自己至今付出的努力，顯得有點不滿。這讓厄德巴特先生臉上浮現了苦笑。

實際上，採集家的本業也的確不是戰鬥，而是「採集」。

採集家需要知道什麼採集物好賣，可以在哪裡採到，又要用什麼方法採集——

採集家要擁有這些經驗，才能順利靠這行賺錢。

舉例來說，安德烈先生跟厄德巴特先生對打的話，厄德巴特先生會贏的機率高達八成；可是論採集的話，一定是安德烈先生他們比較會賺錢。

「不過，這下也的確是鬆了口氣。雖然是缺錢才只能叫妳們出外賺錢，當初送妳們離開的時候還是不免有些擔心……」

「這裡的魔物不強，的確是不需要我們擔心。」

厄德巴特先生跟卡特莉娜女士說得像是鬆了口氣，卻又瞥了艾莉絲小姐一眼，說：

「……正常是不需要擔心啦。」

「唔！說來實在丟臉。」

「對不起，如果我有能力保護好艾莉絲，就不會出事了……」

「別在意、別在意，那次也算是妳們運氣太差。」

她們那時候跟兩個不只不會帶路，還只會礙手礙腳的男人同行，又遇到一般不會出現在外圍的地獄焰灰熊。

是這兩種因素碰在一起，才會引發那次意外。

以我在那之後觀察到的戰鬥技巧跟行動模式來看，要是她們當時只遇到其中一種因素，艾莉絲小姐應該不可能會傷得那麼嚴重。

只是真要說的話，沒有看穿那兩個採集家很無能，也沒有在知道對方不可靠的當下直接拋棄他們回村子裡，就是艾莉絲小姐跟凱特小姐的判斷力不夠好。

「珊樂莎閣下，艾莉絲她們做採集家這一行還算順利嗎？」

「這個嘛……我是不否定她們缺乏經驗，可是她們也已經是收入很不錯的採集家了。」

我偷偷看向她們兩個的表情。

我不是因為那兩道哀求的眼神才心軟，但還是多少誇一下。

先不論戰鬥，論採集她們還有很多東西要學，不過她們在我的建議跟安德烈先生他們的協助之下賺了不少錢，也是事實。

「嗯？……所以算是還可以嗎？」

不過，厄德巴特先生好像看出我是刻意說好話，勾起嘴角輪流看著我跟艾莉絲小姐她們。

「她們有送錢回來，應該也不完全是謊話喔，厄德巴特大人。」

「我認為是因為有其他人幫助她們。我有猜對嗎？」

「對，你說中了，爸爸。」

厄德巴特先生一問完，艾莉絲小姐就尷尬承認他的猜測屬實。

不過，他一看到艾莉絲小姐這樣，反而顯得很開心。

「沒關係，仰賴他人幫助不是壞事。妳們就算有點戰鬥能力，也不會改變還只是新手採集家的事實。仔細聆聽並學習別人的建議，也是很重要的一件事。珊樂莎閣下，她們應該給妳添了不少麻煩，但也請妳今後多多關照她們了。」

「那當然。她們兩個待在我這裡對我也有好處，而且她們現在已經是我很看重的朋友了。」

我對低頭拜託我幫助她們的厄德巴特先生表示沒問題。

◇　◇　◇

我們稍稍加快腳步前往目的地，並在幾天後——而且比上一次來還要更早一點抵達了熔岩蜥蜴棲息地附近。

大概是因為離我們上次來這裡也沒過多久，周遭景色沒有任何變化，地獄焰灰熊也沒有回來這裡。

只有動作慢吞吞的熔岩蜥蜴在爬。

真要說跟上一次有什麼微小的差異的話——

「這附近真悶熱。」

「畢竟地面本身就在散發熱氣，今天天氣也很熱。」

上一次還可以努力說服自己「現在搞不好勉強算春天？」，這次是熱到想騙自己都騙不了。

這裡氣溫本來就很熱，地面又會散發熱氣，再加上四處噴發的水蒸氣跟溫水導致濕度很高，不舒服的程度可說是直線上升。

老實說，夏天根本不應該來這種地方。

而且夏天的環境反而對熔岩蜥蜴跟火蜥蜴來說相當舒適，會變得比較活躍，很麻煩。

冬天會比較好一點，可是洛采家的財務狀況沒辦法讓我們等那麼久……實在很兩難。

「這個帽子讓我們涼快很多，可是還是會感覺到腳邊有點熱。」

「表示沒有這些裝備會更熱……真的得感謝珊樂莎閣下提供的帽子。」

「不會不會。那兩頂帽子也是艾莉絲小姐她們花錢買的。」

卡特莉娜女士跟厄德巴特先生頭上戴著凱特小姐跟艾莉絲小姐平常戴的帽子。

卡特莉娜女士戴起來還算剛好，厄德巴特先生就有尺寸跟造型有點不搭的問題了。就算我問他要不要跟我借另一頂新帽子，他也因為不好意思再麻煩我，堅決不借。

而我、艾莉絲小姐跟凱特小姐，則是已經穿好對付火蜥蜴要用到的防具了。

也就是具有隔熱效果的鞋子、手套跟外套。

這樣穿乍看很熱，不過這些防具不只能隔熱，也附帶冷卻功能，穿起來其實很舒適。而且外套部分有兜帽，讓人待在這種地方也不會流汗。

但只有戴冷卻帽子的厄德巴特先生他們就只能擋掉來自上方的陽光跟高溫，對從地面往上竄的熱氣就沒什麼效果了。我認為他們就算語氣上聽起來只是覺得有點熱，卻也應該正在承受相當誇張的高溫。

所以，我們不能在這裡花太多時間。

「那，店長小姐。妳知道火蜥蜴在哪裡嗎？」

「目前我只知道大概的方向——不過也有推測出幾個可能的位置。」

這次出發之前，我有再更深入調查這座火山的資料。

——不對，說「調查」好像有點太浮誇了。

畢竟我沒空離開村莊，只有問問師父跟雷奧諾拉小姐知不知道些什麼而已。

結果師父送了一份標著這附近地形的地圖過來。

完全出乎我的意料。

我很好奇她到底是怎麼弄到這份地圖的，可是我也非常慶幸能拿到這份地圖，才能推算出火蜥蜴可能躲在哪些地方。

雷奧諾拉小姐就沒這麼剛好有我需要的情報了，相對的，她不只跟我說了聲加油，還請達爾納先生幫忙帶些在獵火蜥蜴的時候派得上用場的鍊器過來。

我們不用仰賴那些鍊器也能打倒火蜥蜴，但反正帶來也不吃虧，所以還是帶來了。

而且雷奧諾拉小姐之前提供了野仕．窩德的情報給我，等我們順利打倒火蜥蜴，也要多少帶點材料給她當謝禮才行。

「所以我們現在的目的地就是妳推測可能有火蜥蜴的地方，對嗎？」

「對。只是每一個可能有火蜥蜴的地點都在火山口附近，厄德巴特先生跟卡特莉娜女士如果真的熱到受不了，還請不要逞強。」

光是現在這裡就很熱了。我們愈接近山頂，火焰魔力也會愈強，到時候氣溫一定會更高。

想必遲早會從覺得「很熱」變成「很燙」。

我抱著這樣的想法提出忠告，厄德巴特先生卻搖搖頭表示不用擔心。

「沒關係，我雖然有點年紀了，也還是有天天鍛鍊身體。別擔心。」

唔～我覺得也不是有鍛鍊就能熬過那種高溫……

艾莉絲小姐個性有點固執，大概是遺傳自爸爸。

我看向卡特莉娜女士，就發現她臉上浮現苦笑，輕輕搖了搖頭。真的有危險的話，她應該會幫忙制止……吧？

除了氣溫異常炎熱以外，我們的登山行程非常順利。

能在這種高溫地面生存的生物很有限，而偶爾會看到的熔岩蜥蜴也是只要我們不出手，就不會攻擊我們。

卡特莉娜女士在聽到熔岩蜥蜴的皮值多少錢，還有凱特小姐是用弓箭打倒牠之後，本來還打算衝去打熔岩蜥蜴，但是被凱特小姐她們努力制止了。

就算能打倒熔岩蜥蜴，我們也沒辦法帶著牠的材料去獵火蜥蜴。

只是她是被艾莉絲小姐說的「回程有辦法多帶東西再去獵」說服的，萬一真的還有餘力多帶點材料回去，可能真的就會去獵……不過，「會有餘力的情況」，其實就等於是我們獵火蜥蜴獵失敗的時候。

因為如果能順利打倒火蜥蜴，我們手裡就會拿滿火蜥蜴的材料。

根本不可能有多餘空間帶熔岩蜥蜴回去。

我們有準備能多帶走一些東西的措施，也還是不一定能把整隻火蜥蜴帶回去。

順帶一提，獵火蜥蜴失敗得很徹底——也就是我沒有活下來的話，就完全不需要考慮有沒有餘力去獵熔岩蜥蜴，所以去想這個也只是浪費時間。

「店長閣下，我感覺氣溫已經高到會有生命危險了……還沒抵達目的地嗎？」

艾莉絲小姐這麼問的真正意圖，應該是很擔心厄德巴特先生的情況。

即使周遭氣溫已經變得非常高，一身對付火蜥蜴裝備的我們三個也不會覺得有多熱。

問題是厄德巴特先生從不久之前就幾乎不再開口說話了。

卡特莉娜女士看起來也不太好受，只是她沒有厄德巴特先生那麼煎熬，也似乎正在煩惱該不該制止厄德巴特先生。

他們再繼續跟我們走，很有可能會被熱死。

我有帶可以在短時間內抗高溫的一次性鍊器，但這種鍊器我打算在順利打倒火蜥蜴後才用，比較方便我們把材料搬出去。

把鍊器拿來給他們逞強，也只是浪費。

「應該快看到目的地了，不過，厄德巴特先生跟卡特莉娜女士可以先回去準備露營嗎？畢竟我們也不能睡在這附近。」

我們絕對不可能一打完火蜥蜴就踏上返家之路。

結束之後會需要休息一天，可是這附近的地表溫度高到就算有飄浮帳篷，也很難讓身體得到充分休息。

帳篷的空調功能不至於厲害到可以應對這種地方的高溫。

「……嗯，說得也是。繼續硬撐也沒意義。」

不知道是不是我指派新工作讓他不再顧面子逞強，厄德巴特先生抬頭輕嘆一口氣，直直看向艾莉絲小姐。

「艾莉絲，我要先折返了，妳可要繃緊神經保護好珊樂莎閣下喔！」

厄德巴特先生用力拍打艾莉絲小姐的肩膀，艾莉絲小姐也意志堅定地答應父親，說：

「好！放心包在我身上吧，爸爸！」

卡特莉娜女士看見兩人這段對話，也轉身面向凱特小姐，用摻雜著些許擔心的笑容抱緊她，並出言鼓勵。

「凱特，妳也要加油，但是不要太勉強自己了。」

「我知道，媽媽。妳就期待我們的好消息吧。」

厄德巴特先生他們扛著飄浮帳篷跟流動廁所等獵火蜥蜴時不需要用到的鍊器回去山腳。就在我們目送兩人離開之後沒多久——

我們抵達了第一個目的地。

「這座洞窟是可能的地點當中最近的……不過，很可惜，這裡看起來沒有火蜥蜴。」

我藉著師父給我的地圖跟建議，推算出這裡的三座洞窟可能會有火蜥蜴。

假如火蜥蜴是會大剌剌待在地表上的魔物，就可以利用魔法感應魔力的方式找，只是很可惜，事情並沒有那麼簡單。

一般火蜥蜴會棲息在這種地方的洞窟最裡面，或是火山口旁邊，有時候也可能會棲息在有岩漿流動的河川裡。

單純朝著魔法感應到的魔力源前進，也不一定能找到牠。

除非可以挖開地面直直朝著魔力源走過去，問題是這世上沒有任何人辦得到。

「唔，這樣啊。馬上就踢到鐵板了。」

「艾莉絲，現在才來第一個可能有火蜥蜴的地方而已，這樣就說踢到鐵板也太誇張了吧？」

「可是，凱特，我一想到還要搬東西回去，就……」

皺著眉頭的艾莉絲小姐說的對，要帶著一堆行李在炎熱環境裡走很長的山路，的確非常折騰人。

這附近因為地熱的關係，不會長出樹木擋路，卻也不會因為這樣變得多好走，再加上厄德巴特先生他們不像我們有防熱外套。

凱特小姐可能也想到了這一點，突然閉起眼睛一段時間，嘴角的角度也顯露出煩惱。隨後，她輕吐了一口氣，聳聳肩說：

「我們也只能努力搬回去了。」

「幸好至少火蜥蜴是幾乎百分之百存在。」

要是這裡其實根本沒有火蜥蜴，我們所有的狩獵準備都等於是做白工，計畫也會瞬間泡湯。

而我也會跟艾莉絲小姐他們一起面臨幾乎要破產的危機……

啊～要是沒有火蜥蜴就完蛋了！

「一般情況下只會覺得火蜥蜴是很麻煩的魔物，但這次牠真的成了我們的救世主——前提是我們能順利打倒牠。」

「是啊，真不曉得沒有火蜥蜴的話，我們家會落得什麼下場……我們只能靠店長閣下來打倒牠，說來也是很沒出息。」

「妳們不用介意這個。反正我也不是免費幫忙——妳們會還我錢，對吧？」

這次狩獵的事前準備花了我不少錢，她們沒多少還我一點，說不定會有點不妙？

雖然也要看火蜥蜴能賣到多少錢，跟拿去還清洛采家借款以後會剩下多少。

「那當然！我們一定會還完欠妳的錢！」

「嗯，我們當然會還……只是，那個……我希望還款期限可以寬容一點。」

「沒辦法，畢竟金額很大。妳們當然可以照著自己的步調還錢，不用勉強。」

我答應顯得很過意不去的凱特小姐的請求。

但說真的，她們究竟得花上多少時間，才能還清這筆債？

光是最原本的金額，就已經是一般人一輩子都還不起的數目了。

唔～搞不好她們得做白工做到退休……不對，一般採集家做到退休，可能也還不起？

因為金額真的大到一般人辛苦工作一輩子，外加不扣掉生活費，也要重新投胎好幾次才還得完。

就算技術很好的採集家賺得比一般平民多很多，也還是得還很久……

不過，艾莉絲小姐她們在還完債之前都能跟我住在一起的話，也是滿熱鬧的。

◇◇◇

「我們差不多要到第二個目的地了……看來這裡有火蜥蜴。我在這裡也感覺得到。」

眼前可以看見一座洞窟。

一感覺到從裡面流出的魔力，我就回頭告知艾莉絲小姐她們已經找到了獵物。

第三座洞窟有點遠，能在第二座洞窟找到火蜥蜴或許算很幸運。

「是嗎？我感覺不出來。凱特，妳感覺得出來嗎？」

艾莉絲小姐顯得很疑惑，凱特小姐則是不太確定地表示有感覺到。

「好像感覺得到一點點……？這跟我有在練習魔法有關嗎？」

「是啊。凱特小姐察覺魔力的敏銳度應該比之前更好了。」

感應魔力的敏銳度是運用魔力的關鍵。

照這樣來看，凱特小姐大概再沒多久就能用魔法了。

有不少人會因為無法理解施展魔法是什麼樣的感覺，就在途中放棄，所以凱特小姐的魔法訓練應該算很順利？

雖然還要再克服好幾次障礙，才能施展有實用性的魔法，但這部分還可以靠努力解決。

我在教凱特小姐的時候也感覺得到她非常有上進心，完全不擔心她會半途而廢。

「妳們兩個都有感覺到的話，應該就不會錯了。那我們終於要跟火蜥蜴對打了，對吧？」

這麼說著的艾莉絲小姐表情變得有點僵硬，她緊緊握起拳頭的手也是仔細一看，就會發現正在微微顫抖。

凱特小姐的反應沒有艾莉絲小姐那麼明顯，卻也一樣神情僵硬，還感覺得到她很緊張，並用力握緊手上的弓。

老實說，她們的緊張很可能會傳染給我，我希望她們可以稍微放鬆一點。

適度的緊張感很重要，但是緊張過了頭，反而會讓動作變得很僵硬。

「艾莉絲小姐，妳會怕嗎？」

「嗯。老實說，我快怕死了。這是我第一次要跟完全沒勝算的敵人對打。」

「等等，妳們不要出手喔！妳們只要幫我爭取時間跟支援我就好。而且艾莉絲小姐這一身裝備完全不夠讓妳跟火蜥蜴近距離正面對打。」

看到艾莉絲小姐把手放在腰邊的劍上，我連忙出言制止。

我們的防熱外套頂多沾到一點岩漿也不會怎麼樣，不可能擋住火蜥蜴的攻擊。

應該是還可以承受幾次噴火攻擊，可是單論防禦力的話，就只是「比一般的堅韌皮革外套稍微厲害一點」。

用作外套材料的皮革是強化抵抗高溫的效果，而不是堅韌度，導致外套並不會像活著的熔岩蜥蜴表皮那樣硬到可以把劍彈開。

外套在近距離戰鬥中被火蜥蜴的攻擊打中一定會破洞，再加上周遭氣溫奇高無比。

被熱到瞬間消耗大量體力之後還被噴火攻擊掃中，絕對活不下來。

再說，艾莉絲小姐現在的武器拿去攻擊火蜥蜴反而會壞掉，出手攻擊也只是白費力氣。

所以我希望她千千萬萬不要把腰上那把劍拔出來。

「我知道，可是……」

就算知道，也一樣會緊張——

看起來是想表達這個意思的艾莉絲小姐把手移開劍上。我露出微笑，充滿自信地說：

「沒問題。我們很快就可以打倒牠。」

「嗯?是嗎?店長閣下不是說不擅長攻擊魔法嗎……?」

「我是真的不擅長,可是不代表我不會用。」

師父說我的問題在於「擁有的魔力量過大」。

魔力一般會隨著不斷訓練自身的魔法技術成長。

如果訓練的方式正確,控制魔力的技術也會正常增長,不可能會出現無法控制自身魔力的問題。

不過,我好像是沒經過訓練就擁有非常大量的魔力。

這對鍊金術師來說是好處,可是講到操控魔力,這個好處就會變成壞處。

魔力會跟著控制魔力的技術成長,所以操控的技術永遠都追不上魔力增長的速度。

說起來就像是把巨大啤酒桶裡的酒直接往小玻璃杯裡面倒。

光扛起啤酒桶就很費力了,還要在不能灑出來的狀況下把酒準確倒進小杯子裡面,當然很困難。

就算努力鍛鍊自己的手臂肌肉,卻發現桶子變大的幅度跟肌力增長的幅度一樣,也是沒轍。

想成倒進杯子的酒原本是在啤酒桶裡還是啤酒瓶裡面,應該就能清楚感覺到差異。

「所以師父剛收我當徒弟沒多久的時候,我常常會不小心失手,給師父添了不少麻煩。」

「哦,店長小姐居然也曾經失手過?妳一直給我絕對不會失敗的印象,真意外。」

聽到凱特小姐覺得很意外，我搖搖頭，苦笑著說：

「畢竟師父至少有認同現在的我是能自立的鍊金術師。而且我也拿到鍊金執照了。再加上我又是拿到執照之後才認識妳們的。」

拿到執照之前跟之後。

這兩種時期的鍊金術成功率不可能會一樣，尤其我好歹是有經營店面的鍊金術師，怎麼能輕易讓人看到我失手呢。

做習慣的鍊藥類先不提，一些我第一次嘗試製作的鍊器鍊藥還是有做失敗過。只是我沒特地講出口。

「不過，師父給我這個鍊器以後，就比以前好很多了。」

我說著舉起從領口拉出來的項鍊。艾莉絲小姐跟凱特小姐用非常好奇跟疑惑的眼神，看著我手上的項鍊。

它乍看只是條普通的項鍊，實際上卻是貴得要命的鍊器。

「店長閣下，這是什麼？」

「這是能抑制我魔力輸出上限的鍊器。用剛才舉的例子來講，就是把啤酒桶蓋好，再挖個大小剛好的開口，避免酒灑得亂七八糟。」

雖然沒有這個也能處理一般的鍊金術工程，但是戴著這個鍊器還是會有很大差別。

只需要用到一點點魔力的時候倒還好。

可是，需要的魔力量大到一個程度之後，就會變得很難控制。

難控制的部分在於我需要釋放大量魔力，卻又得小心不要釋放太多。

而如果我要用的是攻擊魔法或需要消耗大量魔力的魔法，這種調整魔力輸出幅度的技巧就會是非常大的關鍵。

聽說一般人不需要做任何調整，只要盡全力釋放魔力就好，讓我有點小羨慕。

「所以店長小姐拿掉那個鍊器，就能用很強的魔法了嗎？」

「對。但是我會很難控制魔力，只能全力施展魔法。」

「這就是妳『不擅長攻擊魔法』的理由嗎？」

「對。我戴著這個鍊器的時候不能用一定規模以上的魔法，拿掉又會有點失控……總之，也只能說是我練習得還不夠。」

不過，真要找藉口的話，就是我只是個鍊金術師。

我畢竟不是軍方的魔法師，用強力魔法大搞破壞並不是我的主要工作。

鍊金術師需要的是能穩定操控魔力。

工作上從來不會需要一次釋放大量魔力——至少我能力範圍內能做的鍊製工作，都可以在我戴著這個鍊器的狀態下處理，不會有魔力輸出不足的問題。

而正常狀況下，我根本不會有機會練習拿下項鍊才能用的攻擊魔法。

因為威力太強了，絕對會造成附近鄰居的困擾。

像蘿蕾雅之前故意挖苦我把我家後面那片森林夷為平地，就遠遠不及我發揮全力使用攻擊魔法的情況。

而且我也不能借軍方的訓練場來用。

「雖然我說失控，其實也只是會把魔力用光而已，妳們不用太擔心。」

「原來妳之前說會『不能動』是這個意思。」

「對，所以我也不確定會成功還失敗。我們這一趟只可能是兩種結果，一是成功瞬間打倒火蜥蜴，二是因為沒有成功打倒牠，只能落荒而逃。而且不會有機會再重試第二次，還請妳們放一百二十個心。」

「讓人放心的要素在哪裡……？」

「不需抱著『搞不好再拚一下就能打倒牠』的想法戰鬥，不就是可以讓人放心的要素嗎？」

發現魔法沒能成功打倒火蜥蜴的瞬間，就可以直接選擇逃跑。

畢竟絕大多數的攻擊都完全無效，這讓我們不需要多猶豫一些有的沒的，不是很好嗎？

「失敗的時候，妳們就得扛著我逃走……牠應該不至於被我的魔法打到還能毫髮無傷，我猜不會太難甩開牠。反正萬一真的快被追上了，妳們也可以丟下我自己逃跑。」

火蜥蜴應該不會直接把我晾在一邊，只顧著追完全不構成威脅的艾莉絲小姐跟凱特小姐。我就算不能動，也還是能當個稱職的誘餌。

「我們哪可能在那種危急時刻拋棄店長閣下！尤其店長閣下是因為我們家的財務危機，才會冒生命危險來這裡。情況再怎麼危險，我都一定會把店長閣下帶回村子裡。妳放心吧。」

「到時候我會幫忙拖住火蜥蜴。畢竟艾莉絲比較有體力，會比較適合扛著店長小姐離開。」

「啊～那個，需要丟下我的情況幾乎不可能發生，妳們不用這麼認真啦……」

我本來只是想開點小玩笑而已，艾莉絲小姐的回答卻意外正經，凱特小姐的表情也微微散發出一種悲愴感，害我覺得很過意不去。

「真的有危險的時候，記得趕快把我交給妳們的冰凍石全部灑到地上喔。那些冰凍石可以稍微拖住火蜥蜴的腳步，趁牠追不上來的時候逃走就好。」

我這次準備了「冰凍石」跟「冰凍箭」兩種道具給沒有任何有效攻擊手段的艾莉絲小姐跟凱特小姐。

這是可以用冰牙蝙蝠牙齒之類的材料做出來的一次性攻擊鍊器。

雷奧諾拉小姐託達爾納先生送來給我的，就是這種鍊器。

基本上會是拿來牽制，不過我多帶了很多過來。除非我估算錯誤，不然就算得逃出洞窟，也還會剩下很多。

而且還有雷奧諾拉小姐給我的備用品。
照理說是不太需要擔心……？
「冰凍石……這一小顆石頭就有三千雷亞以上的價格吧？」
「對。店裡的售價是三千五百雷亞，凱特小姐的冰凍箭是四千雷亞。」
「居然能準備這麼多貴成這樣的東西……」
凱特小姐看著自己揹著的箭桶裡滿滿的箭，艾莉絲小姐也看著自己扛著的皮袋。兩人都嘆了口氣。
「這麼貴的武器只能用一次真是太奢侈了。」
「一般採集家的確不會想用這種武器。一個不小心就會透支。」
正常絕對不會在戰鬥中隨手消耗這麼昂貴的東西。
因為這幾乎等於把金幣當成武器丟出去。
要不是情況緊急，我也只會自認實力還不夠打倒火蜥蜴，避免戰鬥。
這次會這麼做，是因為我不惜做到這個地步，也想幫她們的忙。
就只是這樣罷了。

◇　◇　◇

「嗯，我們應該快抵達目的地了。」

在洞窟裡走一段時間後，我們開始可以看到一片有點寬敞的空間。

我停下腳步要艾莉絲小姐她們小心戒備。

再接著拿下項鍊，用布緊緊包住它，並收進口袋裡。

師父當初很大方地直接把這個鍊器送給我，可是它其實價格不斐——不對，甚至光是製作難度就很高，萬一不小心弄壞了，恐怕就算能成功打倒火蜥蜴，也抵不過項鍊壞掉的損失。

它就是這麼高價的鍊器。

其實我很想把它交給厄德巴特先生他們保管，可是也不保證不會在半路上遇到魔物，到時候沒辦法用魔法會很麻煩，才只好戴著過來。

「終……終於要跟火蜥蜴面對面了嗎？」

「真的難免會緊張。」

我看到艾莉絲小姐緊握著裝滿冰凍石的皮袋，凱特小姐也拿好手上的弓，便接著點點頭，邁步前往前方的寬闊空間。

這片寬廣的空洞周遭全是一片火紅。

正前方的大片岩漿池跟從池中散發出的炙熱高溫，讓我們就算穿著抗熱裝備，還是覺得臉很燙。

幸好這裡的地面部分還夠我們到處移動。

要是岩漿占的面積更廣，可能就沒辦法跟火蜥蜴交戰了。

「火蜥蜴在哪裡——」

「牠要來了！」

艾莉絲小姐還在張望尋找不見身影的敵人時，我語氣強烈地要她小心注意。

隨後，岩漿表面突然隆起，竄出一隻巨大生物。

那隻生物在跳上空中的動作濺起些許岩漿，降落地面時還發出沉重的落地聲響。

雖然牠長得像一隻蜥蜴，卻也跟同是蜥蜴，還多少有點可愛的熔岩蜥蜴完全不一樣，整體外型非常多稜角，給人很凶惡的印象。

身高跟艾莉絲小姐差不多，頭到尾巴的長度不下五公尺。

牠身體散發的高溫甚至讓周遭空氣扭動起來，體表上還有液化的岩石在流動。

火蜥蜴不像熔岩蜥蜴名不符實，是真的能在岩漿裡游泳。

沒有做好任何抗高溫措施，光是接近牠就會被燒成灰燼。

火蜥蜴就是這麼危險的魔物。

「唔！居然有這麼誇張的生物！」

「畢竟牠是魔物。那我們就照事前說好的計畫來！」

「好！」

艾莉絲小姐她們雖然有事先聽我說明火蜥蜴的特徵，親眼看到牠出現在眼前還是不免有些害怕。不過，她們也在我表示照計畫進行之後重振氣勢，馬上展開行動。

艾莉絲小姐往左邊，凱特小姐往右邊前進。

火蜥蜴的注意力一開始是集中在正前方的我身上，但艾莉絲小姐丟出的冰凍石一砸中牠的頭，牠就緩緩把頭轉往遭受攻擊的方向。

我一看到火蜥蜴轉過頭，就集中精神唸起咒語。

『——來自冰凍大地之風。』

艾莉絲小姐毫不畏懼火蜥蜴的視線，從皮袋裡抓出冰凍石，繼續往牠頭部附近砸過去。

冰凍石用很快的速度砸到火蜥蜴，但它的體積跟火蜥蜴的巨大身軀相較之下有點偏小。

不過，冰凍石最重要的在於它蘊藏的魔力。

它會在砸中物體的同時釋放光芒，讓附近結凍。

只是結凍的時間只有一瞬間。

根本還來不及看出火蜥蜴體表有沒有結凍，冰塊就早早化成白色的水蒸氣了。

而就算看起來幾乎沒造成任何傷害，也似乎是真的讓火蜥蜴覺得很煩，牠一轉身面向艾莉絲小姐，就緩緩壓下身軀——然後跳了起來。

「唔！」

碰磅！

實在難以想像牠這麼巨大的身軀會如此神速。

速度迅如飛箭的火蜥蜴竄過連忙躺倒地面閃開的艾莉絲小姐身邊，在一聲巨響之下撞壞了岩壁。

「這傢伙竟然不剎車就撞上去了！」

完全沒有減速，就這麼一頭撞上岩壁的火蜥蜴甩開頭上的石頭，緩緩轉向。

並再次面向艾莉絲小姐。

看到牠這記完全不怕傷到自己——也不知道牠這樣算不算自傷行為——又沒有減速緩和衝擊力道的頭槌，就算不是艾莉絲小姐，也會很想開口大罵。

一般用那種速度撞上岩石一定會受傷吧？

牠居然可以毫髮無傷是怎樣！

「艾莉絲！」

火蜥蜴跟艾莉絲小姐之間沒多少距離。

艾莉絲小姐有一瞬間顯得很猶豫該不該丟冰凍石的時候，凱特小姐就在稍遠的位置射箭支援。

箭矢的速度比艾莉絲小姐用手扔出的冰凍石還要快上不少，並藉著冰凍的效果插到了火蜥蜴身上。卻一樣在轉眼間消失不見。

甚至看不太到冰蒸發時的白色水蒸氣。

整支冰凍箭就這麼連同箭柄在短短一瞬間內燒成灰。

『——靜默無音的深沉暗夜。』

不過，應該還是比用手扔的冰凍石痛。

火蜥蜴發出不悅的「咕嚕嚕嚕」低吼，用比看著艾莉絲小姐時還要更加銳利的目光，看向凱特小姐。

——牠會採取什麼行動？會再次跳起來嗎？

兩者之間的距離有點遠。

但以牠剛才的速度來看，應該能攻擊到凱特小姐。

凱特小姐大概也察覺了這一點，在架著弓的同時加強警戒，擺出隨時可以閃避的姿勢。

可是，火蜥蜴卻採取其他行動。

牠在原地微微仰起頭，開始大口吸氣。

火蜥蜴露出了喉嚨，而艾莉絲小姐跟牠之間的距離是近在咫尺。
這種情況一般會是攻擊的大好機會。
不過，正在跟火蜥蜴對峙的我們絕對不能那麼做。
艾莉絲小姐當然沒有衝上去攻擊，反而連忙拉開距離，馬上用兜帽蓋住大半張臉。
我跟凱特小姐也是一樣的反應。
並且把各自帶在身上的冰凍石砸到眼前的地面上。
火蜥蜴也在幾乎在同一時刻低下頭，張大嘴巴。
牠從口中吐出炙熱無比的火焰。
周遭氣溫迅速飆升，皮膚傳來受到灼燒的刺痛感。
連吸進體內的空氣都像著了火一樣，燙得喉嚨很痛。
真是的，到底是誰說要來獵火蜥蜴的！
就是我啦！可惡。
要不是這次事情會影響到艾莉絲小姐，要不是這次事情跟吾豔從男爵有關，我就會見死不救了！
我不想出聲講話。
我不想張開嘴巴。

可是，現在的情況不允許我耍任性。
艾莉絲小姐跟凱特小姐都在幫我吸引注意力，不能辜負她們的努力。
『——令萬物凝結，捎來沉寂。』
我逼自己繼續詠唱咒語。
火蜥蜴噴火的時間很久。
這真的是正常強度的火蜥蜴嗎？
假如不是，師父說我可以打過正常強度的火蜥蜴就不適用於現在的情況了。
這讓我感到些許不安，同時，我又多丟了一次冰凍石。
呼吸不像剛才那麼痛苦了。
一顆三千雷亞。
以前光是買一本筆記本或一個墨水壺就會煩惱很久的我，看來也進步了不少。
希望艾莉絲小姐她們也能用得大方點，不要想節省開銷……
「艾莉絲！妳還好嗎？」
「沒問題！只是有點痛而已！」
火蜥蜴噴出的火幾乎灌滿了我們待的這個空間，而艾莉絲小姐是離火蜥蜴最近的人。
凱特小姐大概是擔心她受傷才這麼問。回來我們附近的艾莉絲小姐雖然聲音有點沙啞，卻比我預料的還要有力氣。

其實我還是有點擔心，只是我現在唯一能做的，就是趕快把魔法詠唱完。

她們繼續扔起冰凍石跟射出冰凍箭的模樣讓我有點心急，但我還是不忘維持組織魔法的細膩度。

心急歸心急，情況卻也不容許我失敗。

因為我們會有什麼樣的命運，全看我的魔法會不會成功。

『——引領狂徒步入寂靜沉眠。』

詠唱完最後一段咒語之後，我立刻舉起一隻手。

艾莉絲小姐一看到我舉起手，就從皮袋裡抓出一大把冰凍石，凱特小姐也拿出放在口袋裡的冰凍石，並同時扔出去。

場上瞬間吹起強烈寒風。

雖然很快就被增溫成熱空氣，也已經替我爭取了足夠時間。

艾莉絲小姐她們跑到了我的後方。我立刻施展魔法。

『——冰封靈棺！』

咻————————！

我一說完，火蜥蜴身上就颳起一陣冰冷的狂風。

周遭滿是剛才的冰凍石遠遠比不上的強烈寒氣。

原本熱到連穿著防熱外套都會覺得熱的空氣很快就冷卻了下來，化成飄落地面的冰霜。

火紅的岩漿池也失去色彩，凝固成漆黑的岩石。

而這道魔法的攻擊目標，火蜥蜴——

身體周遭冒出白色的水蒸氣，想要追趕艾莉絲小姐她們的腳步，也變得跟放鬆時的熔岩蜥蜴一樣慢。

「……沒……沒想到威力會這麼誇張。」

「連站在這裡都會覺得冷。」

兩人站在我身後不遠處，為眼前產生大幅變化的情景發出讚嘆。

周遭景色逐漸遭到冰封。

我也不是不能理解她們會忍不住為這種有點夢幻的景象嘖嘖稱奇。

不過，其實我現在沒有心情欣賞美景。

「好像……有點不太妙。」

艾莉絲小姐她們用很意外的表情看著流起冷汗的我。

「咦？不太妙？」

「沒有……成功嗎？」

我的魔力正在快速消耗。

再這樣下去，我的魔力就要見底了。

而問題不在魔力會耗光，因為我本來就料到會這樣。

真正意料之外的，是火蜥蜴的情況。

我原本預料火蜥蜴在這時候應該已經徹底結凍，最後會呈現「火蜥蜴in冰塊」的狀態。

可是火蜥蜴現在仍在散發水蒸氣，表示牠還在抵抗我的魔法。

牠現在是不會動了，卻還遠遠稱不上已經結凍。

「能凍死牠是再好不過，但我的魔力不一定撐得到那一刻……」

考慮到要把牠帶回去，最好是讓牠徹底結凍。

而且急速冷凍可以有效抑制牠腐爛，可說是無可挑剔。

只是我開始有點擔心不想想其他辦法的話，搞不好連能不能凍死牠都很難說。

「唔唔唔……我們現在還可以做什麼……啊，鍊藥，妳喝鍊藥補充魔力可以嗎？」

「哈哈哈……那等於是白費力氣。我們帶來的鍊藥拿來補充我的魔力就跟塞牙縫沒兩樣。我想想，就跟對火蜥蜴灑水一樣沒意義。」

連師父都會對我的魔力量感到吃驚。
如果有可以恢復我大半魔力的鍊藥，搞不好光是賣掉它，就夠還清負債了。
不過，耗掉這麼多魔力還是打不死一隻火蜥蜴，大概就是我的魔力轉換效率有問題了。
畢竟這次是我不習慣的攻擊魔法，不是我很有自信的鍊金術領域。
「……店長小姐是不是不怎麼著急啊？」
「不，大概是因為已經看開了吧。反正著急也不會增加我的魔力——我們可能該準備撤退了。」
我只剩下沒多少魔力。
火蜥蜴身上不再冒出水蒸氣，表皮也開始結冰，可是我的魔力有可能撐不到牠斷氣。
而不幸中的大幸是牠現在不會動，應該不需要凱特小姐幫忙拖時間，也能平安逃出去。
「可惡，明明就差一點點了！我……我絕對不要嫁給那種傢伙！」
「是啊，我也不贊成妳嫁給那種人。」
艾莉絲小姐跟凱特小姐回老家獵鹿的時候，好像不小心遇到了野仕·窩德。
厄德巴特先生已經不打算允許這樁婚事了，可是他們必須繼續拖時間，不能明說，只能從頭到尾對他擺好臉色。
結果野仕·窩德對艾莉絲小姐的態度親暱到好像早就結婚了一樣，還很高高在上，讓她們兩個積了一肚子氣回來。

我光是聽艾莉絲小姐跟凱特小姐抱怨都覺得不太舒服了，何況是被迫面對面跟野仕‧窩德講話的她們。

而萬一真的得跟對方結婚，艾莉絲小姐就會跟他成為夫妻，侍奉洛采家的凱特小姐也得認他當主人。

也難怪她們兩個都一致抱持反對意見。

「——！店長閣下！我可以把這些冰凍石全部用掉嗎？我會負擔所有費用！」

「當然可以，但我不確定能有多少效果——」

「總比完全不試試看來得好！」

我的魔力即將消耗殆盡。也沒時間了。

艾莉絲小姐一聽到我的回答，就開始不斷扔出冰凍石，而且每一次都是好幾顆。凱特小姐把剩下的冰凍箭全部射光之後，也跟艾莉絲小姐一樣開始丟擲冰凍石。

原本多帶了不少的冰凍石在這樣的豪邁用法下迅速減少。

不過，開始結凍的火蜥蜴已經沒有剛才那麼燙了。

雖然冰凍石的消耗量很大，卻也讓火蜥蜴的表皮上被新一層愈來愈厚的冰覆蓋。

我的魔力幾乎是在冰凍石用光的同一時刻耗盡，周遭的暴風雪也在此時戛然而止。

緊接著是一陣寂靜，以及侵襲全身的疲勞感。

艾莉絲小姐立刻抱起全身癱軟的我，撤退到這片寬廣空間的入口附近。她們兩個在撤退之後緊盯著火蜥蜴。

變成累贅的人只能就這麼被艾莉絲小姐抱在懷裡，仰望她現在正經又帥氣的臉龐。

對，這個感覺像是被英雄救美的人——就是我。

因為我會有一陣子動不了嘛！

可惡，要是性別不一樣，搞不好會有點浪漫——不對，好像也不會。

尤其我們現在待的地方也浪漫不起來。

而且這裡剛才熱到甚至快燒起來，現在卻是冷得快要結凍。

絕對不可以忘記這裡是個要穿防熱裝備才能正常走動的地方。

雖然要說眼前的大片結冰空間裡面有一隻感覺隨時會動起來的火蜥蜴——是很夢幻的景象，倒也是沒錯啦。

「……牠……死了嗎？」

「看不出來……店長小姐，妳覺得呢？」

該謹慎一點先逃跑，還是沒有必要逃跑？

如果順利打死牠了，也需要上前把牠帶出去。

不確定該採取哪種行動的凱特小姐俯視著我問道，我虛弱地搖搖頭，回答：

「對不起，我平常還能感覺出來，可是現在魔力耗光了……」

確認對方「是生是死」的方法大致有兩種。

一是感應魔力，二是感應生命跡象。

前者的好處是在一段距離之外也能感應到，而我平常也是用這種魔法感應敵人的位置。

不過，這個空間現在充滿了強大魔法跟大量冰凍石釋放出來的魔力。

這種狀態下很難辨認出對方的魔力，再加上魔物的身體也帶著大量魔力。

魔物身上的魔力不會在死後馬上消失，不如說，要是真的一死就會消失，就沒辦法用作鍊金術材料了。

相對的，感應生命跡象的魔法就不會受到魔力影響，卻有個只能在近距離下使用的缺點。

其實我們現在跟火蜥蜴的距離，完全夠我用這種魔法。

只是我現在沒有半點魔力，無法透過魔法感應牠的生命跡象。

「「「…………」」」

我們默默等了一陣子之後。

我的魔法威力似乎比預料中還要更強，變黑的凝固岩漿沒有再次變得火紅，周遭的冰也沒有融化成水。

這也等於魔法的威力散落在目標以外的地方，攻擊效率非常差。
「……店長閣下，我們現在可以靠近牠了嗎？」
聽到似乎開始不耐煩的艾莉絲小姐這麼問，我也在煩惱該怎麼辦。
以安全為重的話，今天最好還是先直接離開，等我的魔力恢復之後再來一趟。
假如牠已經死了，放著不管也不會怎麼樣。
就算還活著，到時候我也能活動了，一定逃得掉。
「所以，我認為暫時先離開比較好……」
「不確認牠是活的還是死的，就要走了嗎？」
艾莉絲小姐交互看著我跟結凍的火蜥蜴，聽起來有點不滿。
火蜥蜴幾乎全身都被冰覆蓋住，非常有可能已經死了。
我能理解她會覺得在這種狀態下還要先等我恢復才來，很多此一舉。
是能理解，可是——
「我也覺得這樣很麻煩，可是不能保證百分百安全，我就不能允許妳們現在去碰牠。今天就先忍一忍，乖乖離開吧。」
「這樣啊……」
艾莉絲小姐用猶豫的眼神看向凱特小姐，並在看到凱特小姐嘆著氣搖搖頭以後吐了口氣，放棄繼續堅持下去。

「說得也是。要是火蜥蜴還活著，連店長閣下都會有危險。看來只能先忍忍了。」

「嗯，畢竟我現在動不了。」

我自己是比較擔心艾莉絲小姐，但既然我這樣綁手綁腳的反而讓她願意自制，倒也沒什麼不好。

我把手臂勾上艾莉絲小姐的頸部，靠在她身上。隨後，艾莉絲小姐也露出苦笑，轉身背對火蜥蜴。

「那走吧。我們今天先慶幸沒在獵火蜥蜴的時候出事就夠了。」

「是啊。我們跟火蜥蜴對打，還能順利活下來。光是這樣就值得開心了……只是我不太想去算這次花了多少錢。」

凱特小姐看著空蕩蕩的皮袋跟箭桶，露出很難以言喻的表情。艾莉絲小姐也是一臉愁容。

「妳就別提這個了。雖然剛剛是我自己說會負擔所有費用，但是我們丟一把冰凍石花掉的錢，就比我們一天賺的錢還多……」

「妳放心吧，艾莉絲小姐。」

「店長閣下……！難道妳願意不算錢——」

我對滿臉欣喜的艾莉絲小姐點點頭，微笑著說：

「我可以幫妳算折扣價。」

「店長閣下……」

她都說會負擔費用了，我當然也不會客氣。

我就是這麼斤斤計較。

一看到艾莉絲小姐瞬間變得垂頭喪氣，我跟凱特小姐也忍不住面面相覷地竊笑起來。

其實有成功打倒火蜥蜴的話，冰凍石的費用根本算不了什麼。

而現在要等明天之後才知道火蜥蜴是不是真的斷氣了。

我們依依不捨地轉身背對被冰在原地的火蜥蜴，動身前往厄德巴特先生他們所在的山腳。

No.008

鍊金術大全：記載於第七集

製作難度：困難

一般定價：1,800,000雷亞以上

〈魔晶石絞碎機〉

Mfigifffil Afkyftfil Afkfifhfflfk

你還是見習生的時候，是否曾被迫長時間幫忙研磨碎魔晶石呢？磨那個真的很麻煩，對吧？有錢買下這台魔晶石絞碎機的你或許已經可以把這份工作推給徒弟了……但還是一起來終結這悲哀的傳承吧！這台絞碎機的效率比手工還要快上許多，可以有效輔助你製造人工魔晶石。要是跟徒弟說「我以前也親手磨過，沒道理你就不用手工磨」，小心徒弟會討厭你喔。

epilogue

尾聲

「總算可以喘口氣了。」

「是啊……」

我們這陣子的忙碌生活終於告了一段落，我跟蘿蕾雅得以悠悠哉哉地在店裡喝茶。

今天的點心是剛才蘿蕾雅烤的堅果餅乾。

這些餅乾比平常多用上了奶油跟砂糖，慶祝我們終於解決麻煩事。餅乾還有點溫溫的，味道也很不錯。

老實說，我覺得蘿蕾雅已經可以靠烤餅乾賺錢了……只是在這個村子裡大概很難賣。

從餅乾的原價就可以推測出村民應該沒什麼機會吃到。

「蘿蕾雅，這陣子也給妳添了不少麻煩。」

「不會，畢竟我也只能幫妳顧店……」

蘿蕾雅很過意不去地搖搖頭。我牽起她的手，否定她的說法。

「我最感謝的就是妳幫我顧店了。我的本業是鍊金術師，如果沒有人幫我顧店，就沒時間處理其他事情了。真的很謝謝妳。」

「我很高興妳願意這麼說。」

我看著笑得很靦腆的蘿蕾雅，回想起這陣子發生的事情。

不確定有沒有成功打死火蜥蜴的那時候。

我們暫時離開的隔天，等到我的魔力幾乎完全恢復，我們就啟程去查看火蜥蜴的狀況。幸好火蜥蜴已經徹底斷氣了。

回去洞窟裡的時候，牠剛好處在解凍得恰到好處的狀態，於是我們就在穿著一次性防熱裝備的卡特莉娜女士他們的協助之下當場肢解火蜥蜴，並在去除掉不需要的部位後重新冰起來，再分別裝進每個人的行李裡面。

有些材料還是裝不進去，於是我們把帶過來的飄浮帳篷組裝起來，用帳篷裝下剩下的材料——我也因此需要不斷灌注魔力來搬動它。

當初做這頂帳篷的時候還以為會一直放在倉庫裡積灰塵，沒想到會在這種時候派上用場——只是大概很快又會被丟進倉庫裡。

連我這種魔力特別多的人拖著飄浮帳篷走回家，都會因為連續好幾天消耗大量魔力而搞得疲憊不堪，真的是很難找到適當用途的鍊器。

後來師父收購了大多數火蜥蜴材料，讓我們成功籌到足夠資金，也算是不枉費我們努力把牠扛回來了。

雖然洛采家藉著這筆錢還清負債了……卻也不是一切都很順利。

就結論來說，洛采家幾乎只是「把欠錢的對象變成我」而已。

首先要提到賣掉火蜥蜴材料的酬勞。

因為各自負責的工作不同，酬勞是不至於「五人平分」，但我本來打算分一點給大家，減少他們的負債總額。

可是大家幾乎都沒收下半點錢。

厄德巴特先生以「身為一個騎士，怎麼可以撈點行李就收這麼多酬勞！」的理由堅決不收，卡特莉娜女士也是一樣的態度，說「畢竟本來就是我們害妳也要花力氣籌錢」。

艾莉絲小姐她們則是說「這次鍊器都是店長閣下提供的，我也說會負擔所有冰凍石的費用。再加上我們還收了妳幫我們量身訂做的防熱外套跟鞋子。這些就很值得當我們的酬勞了」，還用酬勞抵掉冰凍石的費用，最後只收下少許現金。

結果洛采家的負債是用我的資金還清的，還變成一張借據回來。

雖然這張借據的效力也只到他們透過調停把錢拿回來的那一刻——我原本是這麼想，但很可惜，這部分也沒有預料中順利。

我拜託侯爵千金——也是我在學校的前輩介紹擅長處理借貸糾紛的調停人幫忙提出異議，不過，敵人也不是省油的燈。

契約文件似乎真的被對方動過手腳，真不愧是本來就意圖不軌的人。

洛采家因為這樣而沒辦法拿回多付的錢，前輩還寫了一封道歉信給我，反而讓我很過意不去。

我其實不太懂是怎麼回事，但把負債全部還清好像也造成了反效果。

國王會不樂見直屬臣下欠一屁股債，或是變成其他貴族的陪臣，而如果不是這兩種情況，也不方便過分介入貴族之間的契約。

簡單來說，就是「反正都籌到錢還債了，用不著計較那麼多吧？」的意思。

只是，假如在還完債務之前就進入調停程序，也不曉得對方會不會開始爭取時間，趁機對領地伸出魔爪。

畢竟厄德巴特先生人不在領地裡面，對方想趁機惡整的方法要多少有多少。

不過，不知道是侯爵家介紹的調停人特別厲害，還是該拜背後的侯爵家光環所賜，調停人似乎非常努力幫洛采家爭取權益，最後也成功拿回了一部分的錢。

雖然那些錢也得拿來支付調停人的酬勞、調停申請費、前往王都的旅費、在王都住宿的生活費，最後剩下的錢可說是少得可憐……

就算最後的結果不盡人意，厄德巴特先生還是表示「沒問題。我很感謝妳的協助」，而且艾莉絲小姐跟野仕・窩德的婚約也取消了，算還可以吧？

順帶一提，艾莉絲小姐跟凱特小姐在那之後一直留在老家處理殘局，還沒回來。

應該今天左右就會回來了……

正當我邊吃著蘿蕾雅的餅乾，邊回想前陣子的忙碌生活時，有人打開了店門。

「歡迎光——妳回來啦。」

「嗯，我回來了。」

「我們回來了，店長小姐。」

走進店裡的是艾莉絲小姐跟凱特小姐。

她們會在先前說好的時間回來，大概也代表那些麻煩事都處理得很順利。

我好久沒看到她們表情這麼輕鬆了。畢竟之前有好一段時間被煩惱纏身。

「辛苦了。」

「嗯，真是累死我了。有夠受不了那個商人……喔！這餅乾看起來好好吃。我也來試吃一片——」

看到桌上餅乾的艾莉絲小姐打算伸手去拿，但我把餅乾拿開，說：

「不可以。妳先去洗手再吃。」

「店長閣下有時候嘮叨起來真的很像媽媽……」

艾莉絲小姐嘶起嘴唇抱怨，也仍然乖乖去洗手了。去洗手的艾莉絲小姐跟去放行李的凱特小姐都在不久之後回來我們這裡。

「好，我洗好手了！」

既然她有乖乖聽話去洗手，那我也沒理由不給她吃餅乾。

雖然有點捨不得，我還是把餅乾拿給伸手跟我討餅乾的兩人。

「——喔喔，好好吃！真不愧是蘿蕾雅！」

「還好啦……是珊樂莎小姐提供的材料夠好。」

「這看起來的確滿花錢的。」

凱特小姐看出這些餅乾比蘿蕾雅平常做的手工餅乾還要花錢，我也接著說：

「算是慶祝終於忙完一大堆事情了。尤其這次真的很麻煩。」

準備再多拿一片餅乾的兩人一聽到我這麼說，就停下想拿餅乾的手，一臉尷尬地看著彼此。

「這次真的給店長小姐添了不少麻煩。對不起。」

「是啊。我原本就已經欠店長閣下一輩子都報答不完的人情，這下又愈欠愈多了。」

「妳們報不報恩是無所謂，但記得一定要還我錢喔。只是我也不會逼妳們早點還。」

我把裝著餅乾的盤子推給她們，同時不忘提醒該提醒的事情。

我好不容易終於可以進《鍊金術大全》第五集了，現在卻沒有足夠的錢添購材料，做不了幾個第五集裡面的鍊器。

就算倉庫裡有之前屯好的材料，也只不過是需要的材料當中的極小部分。沒有幾個鍊器的材料是已經全部湊齊的。

我為了獵火蜥蜴已經耗掉不少錢跟鍊金材料，要是艾莉絲小姐不還點錢給我，我也很難有什麼進度。

「我當然會還！……只是可能會花上一點時間。」

「好，那就再麻煩妳了。尤其我也得送謝禮給前輩。」

前輩都好心介紹調停人給我們了，實在不好意思只說一句「謝謝妳幫忙介紹，妳真的幫了我大忙」。

熟人之間也不能忽視禮儀。

只是我需要先做足準備，才能答謝前輩。

「嗯，我真的很感謝她願意幫忙介紹調停人。因為我們家根本沒有管道可以找調停人。還有，雖然老是要店長閣下幫忙實在很不好意思，但就麻煩妳代替我們家好好答謝她了。畢竟對方是侯爵家族，我們小小的騎士爵家族光是寫封感謝信就會讓手頭很緊了。」

「是啊。即使錢沒辦法全部討回來，也只要能得到正式判決就夠了。畢竟這樣吾豔從男爵應該也沒辦法故意亂找碴。」

「尤其那傢伙就算願意把錢還回來，也不曉得會不會跑來無理取鬧！哼！」

艾莉絲小姐火冒三丈地握起拳頭，打算狠狠敲打桌子，卻在途中想起桌上有餅乾，又輕輕放下高舉的手，順手拿起餅乾。

「呵呵。那我之前十萬火急地聯絡前輩也值得了。」

我以前在校內跟前輩的感情是算不錯，可是我的身分並沒有高貴到可以直接聯絡侯爵本人幫忙。

所以我必須先聯絡住在遙遠城鎮的前輩，請她幫忙介紹調停人，再跟家裡聯絡……整個流程非常麻煩。

而且用一般方法聯絡會耗掉太多時間，我們還有用上傳送陣，也有請師父幫忙，開銷大得驚人……

正常情況之下，會是一筆難以想像的數目。

但反正師父好像很高興能買到火蜥蜴的材料，應該是不用擔心錢的問題。

「這樣所有麻煩事都處理完了吧？艾莉絲小姐，妳應該不會突然離開吧？」

這麼詢問的蘿蕾雅眼中帶著少許不安，艾莉絲小姐則是露出燦爛的笑容，非常肯定地說：

「嗯，妳放心吧，蘿蕾雅。我們把大麻煩都搞定了！」

「是啊。連那個沒禮貌的商人下巴都被打碎了。」

「咦！妳們把他殺掉了嗎？」

蘿蕾雅嚇得倒退一步。

艾莉絲小姐看到她這個反應，連忙搖搖頭說：

「沒……沒有！我們沒殺死他……只是他可能會有一段時間下不了床。」

野仕．窩德大概是因為走投無路了，一直對洛采家死纏爛打。可是少了借貸問題，他就只是個「下級貴族」眼中的「平民商人」。

聽說他是真的被用暴力狠狠請出洛采家。

而動手的是艾莉絲小姐跟厄德巴特先生。

「我看他就算康復了，窩德家大概也……啊，沒有，沒事。」

凱特小姐發現蘿蕾雅的視線帶著不安，尷尬地笑著含糊其辭。

……嗯，野仕．窩德真的還活著嗎？

我是完全不覺得他可憐啦。

「話說，這次的借款金額真的大得好誇張喔。應該比之前堆在倉庫的錢還要多吧？我實在沒辦法想像全部擺在眼前會是什麼樣子。」

「嗯，不是我在自誇，連我們都不曾看過那麼大數目的錢呢！」

艾莉絲小姐接在嘆著氣的蘿蕾雅之後說出的這句話，不知道為什麼聽起來有點自豪。

洛采家一開始借的金額比現在的金額更小，她應該是真的沒看過。

這次還債的時候，是由我把師父支付的錢轉交給厄德巴特先生去還。也因為金額非常大，用的是大金幣跟白金幣。

這兩種硬幣分別值十萬雷亞跟一百萬雷亞，所以即使是超過六千萬雷亞的大錢，也可以只用一個手掌大小的皮袋裝起來。

如果艾莉絲小姐有打開袋子，就算是「看過」了，可是蘿蕾雅說的應該是不太一樣的意思。

「艾莉絲小姐，妳真的還得完這麼大一筆錢嗎？應該連採集家都很難賺到這麼多錢吧？」

「嗯，是啊。不找些多賺錢的方法，我大概會還錢還一輩子。可是問題在於我不知道自己在這裡待上一輩子，會不會造成店長閣下的困擾。」

不對，艾莉絲小姐，妳想當採集家當到幾歲？

妳都不打算結婚嗎？

而且這次的事情讓艾莉絲小姐欠的鍊藥錢等所有負債，都轉移到洛采家名下了。

所以艾莉絲小姐跟凱特小姐不需要靠她們自己還清這些錢。

「領地的稅收也會拿來還債，應該是不至於還一輩子……但是金額的確不小。」

對，妳說到重點了。

領地再小，稅收金額還是遠遠超過一般人的薪水。

只是他們的稅收如果真能輕鬆還清那麼多錢，就不會累積鉅額負債了。所以還錢的速度應該不會多快。

「凱特，就算不至於還一輩子，我也得要好好報答店長閣下，才不會有損洛采家的顏面。」

「不，妳真的不用太堅持報答我——」

「艾莉絲，這我倒有個好主意喔。」

我這次留了一點火蜥蜴的材料，花這麼多心力處理這次事情也算值得。

妳們願意依約還錢就好。

我正打算這麼說時，就被凱特小姐打斷了。她臉上掛著有點淘氣的奸笑。

「喔？凱特，是什麼主意？是能讓我報答店長閣下的主意嗎？」

「是個不只能報答店長小姐，還可以解決負債問題的好主意喔。連妳過了適婚年齡的問題都能順便解決。」

「哦，不錯耶！妳說來聽聽——但我還是第一次聽說我已經過了適婚年齡。」

艾莉絲小姐對這份「好主意」相當有興趣，凱特小姐也語氣肯定地保證好處非常多。

——我總覺得有種不好的預感耶？

「很簡單。妳只要跟店長小姐結婚就好。」

「——……什麼？」」

「……………這樣啊。」

艾莉絲小姐不知道為什麼陷入了沉思，不像我跟蘿蕾雅忍不住出聲表達疑惑。

咦？艾莉絲小姐是女的吧？

「呃，凱特小姐，我是不歧視同性戀，可是我是異性戀耶。」

男女同性結婚在上流社會跟神殿裡似乎不怎麼罕見，但是像我這種從小就在平凡無奇的平民家庭裡長大的人，就不太可能接觸到那樣的世界。

而我自己也不打算嘗試。

「沒關係，反正人的喜好其實沒有想像中那麼難改變。」

不，這很難說吧？

如果說的是食物的偏好，倒還說得通——

「這主意不錯耶。」

「咦——！」

「那個，艾莉絲小姐？」

「店長閣下，妳跟我結婚的話，就可以受封爵位喔。而且我們有一小塊領地，我認為還滿賺的。還會附贈凱特當妳的陪臣。」

「咦，怎麼扯到我了……？」

艾莉絲小姐不顧我們的驚訝，開始推銷跟她結婚的好處。

凱特小姐也被說得像是贈品。

她看起來很錯愕，但我不會同情她。

畢竟這個話題的導火線就是她點燃的。

「那個，艾莉絲小姐。我不是想要爵位才出手幫助你們家……」

「就是這樣才更能放心跟妳結婚啊！如果妳是想要爵位才幫我們，我就不會這麼說了。我認為可以放心把我們的領地交給心地善良的店長閣下治理！」

呃，可是我沒有很想治理領地啊……

「而且我跟那個商人之間沒有任何感情，可是跟店長之間存在著愛啊！」

「並——沒——有——！」

「連一丁點都沒有嗎？連友情的那種愛都沒有嗎？」

「唔，友情……是有啦。」

這我實在無法否認。

不存在友情的話，我才不會插手幫忙。

「那再來就簡單了。只要努力把這份來自友情的愛，醞釀成情慾的愛就好！」

情慾的愛！這說法聽起來好色情！

等等，可是情慾的愛是能從友情衍生出來的東西嗎？

「不過，洛采家總要有後代可以繼承吧？還是要找男性入贅，不是嗎？」

「還有收養這個選項。而且，店長閣下，我聽說有讓同性也能生孩子的鍊藥，應該不是我誤信謠言吧？」

「咦？原來有那麼方便的鍊藥嗎？」

蘿蕾雅一聽到艾莉絲小姐提到這種鍊藥，就突然雙眼為之一亮。

妳為什麼會對這種鍊藥有興趣？

「呃，是有啦……可是很貴喔。」

的確有讓同性之間也能生孩子的鍊藥。

只是那種鍊藥貴得很嚇人，頂多只有繼承人是同性戀，卻又沒有其他方法傳承血統的上流貴族會用。

順帶一提，給男性用的這種鍊藥需要讓使用者長期處在能懷孕的狀態，不像女性只要短時間內有效果就好，所以價格上會比較貴……算了，這不重要。

「這大概只能求店長閣下想想辦法了。妳會做那種鍊藥嗎？」

「我不會做，而且材料很貴，成本高到其實不建議用這種鍊藥……不對啊，我又不會跟妳結婚！」

「真的不要嗎？我年紀是大了點，但我認為自己的長相也算不錯的了。不然我來當男方也可以。」

艾莉絲小姐用手抵著自己的下巴，稍做思考。

唔，艾莉絲小姐的確長得滿漂亮的，變成男生或許會很帥？

——啊，不對，不能被她牽著鼻子走！

「不……不是長相的問題啦！」

一旁的凱特小姐似乎覺得我們這段奇怪的對話很有趣。

是說，雖然我不知道妳剛才是不是單純在開玩笑，可是不要自己提這個話題還只顧著在旁邊看好戲好不好！

「總之！我還不打算結婚！畢竟我還只是個半吊子鍊金術師——不對，還只是個菜鳥鍊金術師而已！」

「哦，這樣啊。反正有點耐心總會等到那一刻到來。我只要一直在店長閣下身邊待到妳想要結婚就好了吧？」

「不——是——啦！」

「但是要結婚還一直叫妳店長閣下，好像也太見外了。我是不是應該現在就該改叫妳珊樂莎？」

「就不是這個問題喔～～！」

艾莉絲小姐愈說愈荒唐，聽得我開始用力拍打桌子。

蘿蕾雅跟凱特小姐也在這時候突然忍不住笑出來。

聽到她們的笑聲，我跟艾莉絲小姐才不禁面面相覷，停止爭論，隨之迎來一陣短暫沉默。

稍微冷靜下來的我們終於理解到自己在做什麼，並決定把內心湧現的衝動發洩出來。

◇ ◇ ◇

「搞屁啊！為什麼區區一個騎士爵會有侯爵出來當靠山！」

年輕男子用手一揮，把桌上的文件掃得散落在地。

另一名年邁男子用冷靜的眼神看著他，語氣沉著地回答：

「可是，老爺，我們拿到的錢已經超過原本的預期了。」

「也只有錢很多而已！沒有達到我真正的目的，一切都是白搭！喂，到底為什麼會失敗！」

「似乎……有某個人——某個鍊金術師暗中幫騎士爵跟侯爵家牽線。」

「又來了！又是鍊金術師！有夠礙事的！」

滿臉氣憤的男子握起拳頭，猛力敲打桌面。

然後在一陣短暫沉思過後，帶著奸笑看向眼前的老人。

「……去調查那傢伙是什麼來歷。」

「這樣好嗎？我們說不定會觸犯國法——」

「我就叫你去查啊！你可別搞砸了。不然你以為我幹麼僱你這種老傢伙啊！」

「……遵命。」

年輕男子看見對自己敬禮的老人離開之後，便嘆了口氣坐下來，倚靠在椅背上。

「哼哼哼，我不會容許有人在我的地盤撒野。哈哈！哈哈哈哈！」

面相醜陋的他浮現扭曲笑容，高聲大笑。

後記

這次也很感謝各位讀者購買本書。我是いつきみずほ。

多虧大家捧場，本作才有機會出版第三集。

因為情況並不是很穩定，所以讀者的支持度攸關下一集能不能出版，還有我能不能維持做棒式的習慣。

咦？你問做棒式的習慣是怎麼回事嗎？

不知道的人還請看看書衣摺口上的作者自介。

第三集就如我在第二集後記說的，凱特小姐的戲份……其實也沒變很多。

而且好像不只沒變多，還被艾莉絲當成贈品了？就像是買一送一很划算。

不過，以艾莉絲的角度來看，珊樂莎也的確是個有錢又受過高等教育，條件可說是好到不行的人。她如果可以嫁進洛采家，真的是賺翻了。

所以多送一個凱特也不虧本。凱特也是只要知道對洛采家有好處，就甘願犧牲自己。會這樣想是因為她們是貴族。而最麻煩的性別問題，也可以用鍊藥解決……？
難道珊樂莎會就這麼被艾莉絲搶去當老婆嗎？
蘿蕾雅會發動逆襲嗎？
又或是會再出現新的女人來當第三者？
還是會大爆冷門，跑出一個白馬王子？
敬請期待！

好了，這次的附錄短篇是珊樂莎進學校第一年的故事。
這篇後記大概會放在短篇前面，我就不提及詳細內容了。不過，我可以預告那兩位在本傳裡連名字都沒出現的前輩會出現。
她們是珊樂莎在學校裡少數稱得上朋友的人。
其實還有一個後輩也是她朋友啦，只是要寫到珊樂莎升二年級以後才會出現。
……不對，我連會不會寫到二年級的故事，都還很難說。
順帶一提，珊樂莎雖然給人朋友很少的印象，但她跟孤兒院的孩子們感情很好，就學期間也會不時回去看看大家。
所以她並不是有社交恐懼症。

對了，各位知道Twitter這個社交平台嗎？

——嗯，應該不可能不知道吧。畢竟很有名嘛。

我自己也知道這個社交平台，可是老覺得沒什麼必要用它，頂多偶爾拿來看看別人的推文……總之，我創了一個帳號，帳號名稱是@itsukimizuho。

不過，我好像沒怎麼善用推特的功能……？畢竟我的生活也不會有趣到能跟別人炫耀。雖然我只會偶爾發些宣傳，各位有興趣還是可以來看看。

最後，我想向大家道謝。謝謝插畫家ふーみ大人總是提供這麼可愛的插畫，讓我更有動力繼續撰寫故事。

也要謝謝總是很照顧我的編輯大人跟協助出版的各位相關人士。

尤其是買下本書的每一位讀者，真的很謝謝你們。

因為有你，這本書才能順利問世。

衷心希望未來還能再繼續看到各位讀者的支持。

那麼，我會繼續努力寫作，並期待我們下一集還有機會再見面。

いつきみずほ

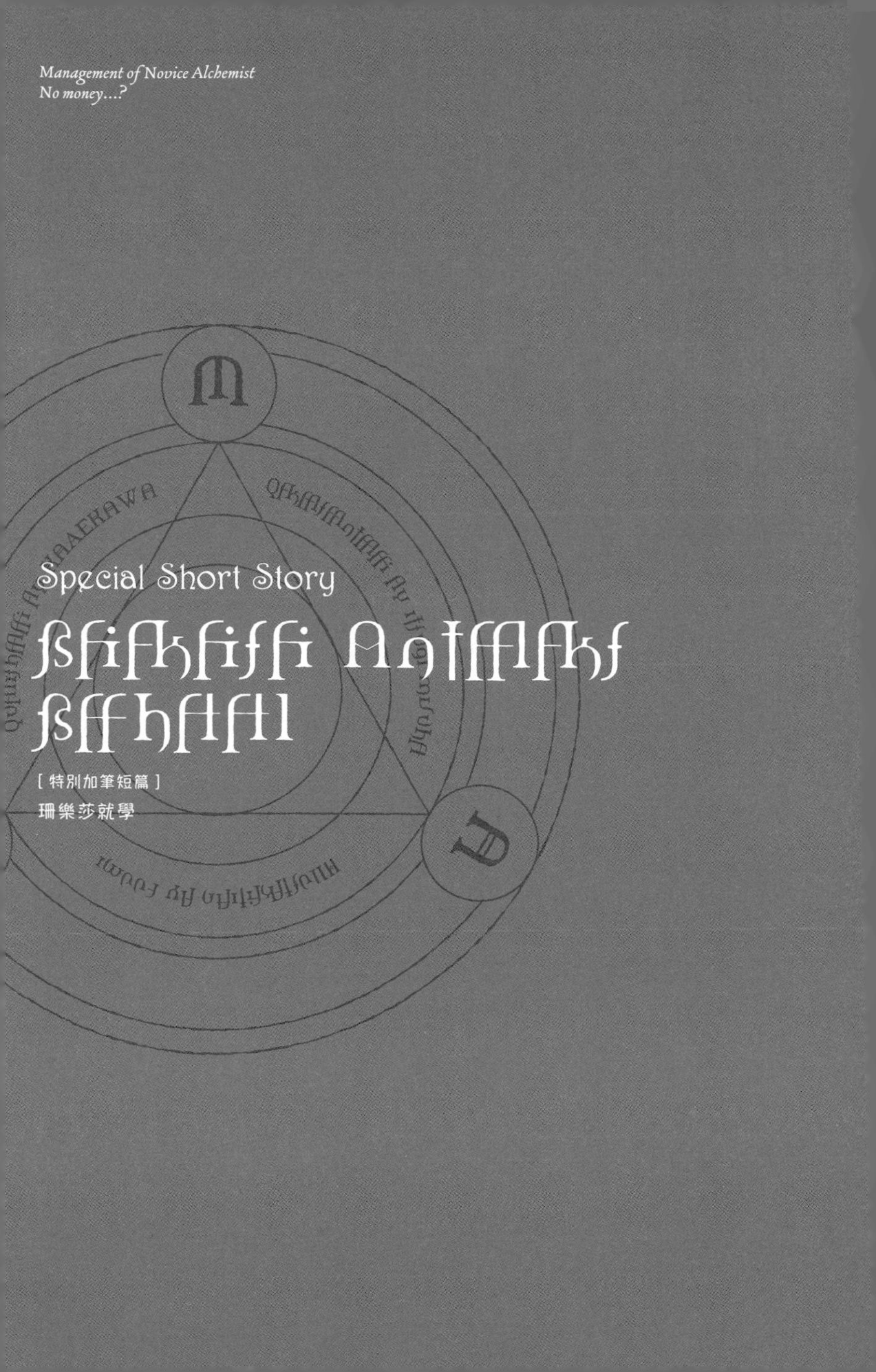

Special Short Story

［特別加筆短篇］

珊樂莎就學

我順利考過錄取率相當低的入學考，開始就讀鍊金術師培育學校過了幾個月。

我非常滿意現在的生活。

宿舍房間不會有半點風從縫隙吹進室內。可以自己一個人獨占一張床。

每餐都吃得很飽，而且學校的餐點不只免費，還很好吃。

圖書館全天候開放，館內藏書多不勝數。

老師的指導能力相當優秀，課程內容專業又細膩。

跟我以前在孤兒院只能吃完全跟好吃沾不上邊的食物，還只能懷著沉悶心情努力讀書的生活截然不同。校內備有非常充實的學習環境。

……不過，論人際關係這一點，反倒是現在比較差。

我跟孤兒院的大家感情很好，會一起讀書，而且就算他們沒辦法教我，也曾幫過我很多忙。

再說，我也不是對現在的環境沒有半點怨言。

第一個不滿是待在這種免費提供豐富資源的環境裡，還是意外地花錢。

大多需要的東西會由校方免費提供或出借，但有些東西只靠免費資源一樣不夠用。

像我目前缺的就是筆記本跟墨水。

課外自習會迅速消耗學校免費提供的部分，很快就會全部用光。
再加上我在入學前拿到的備用資金幾乎沒有剩下，一定得打工賺錢。
也一定要想辦法拿到考試的獎勵金。
尤其以後應該會很需要錢，我不能放過任何賺錢的機會。
而第二個不滿——
「喂，快看！那個孤兒在花別人的錢吃飯耶。」
「有夠礙眼的。要是她乖乖躲去角落吃飯，倒也不會這麼不爽她啦。」
「把錢花在那種孤兒身上太浪費了。」
就是這個。大概是因為我來自孤兒院，有時候……不對，好像滿頻繁的？總之就是常常有人來挖苦我。而且不只有這群人會這樣。
明明應該也有其他人是來自孤兒院，我卻沒看到其他孤兒受到這種對待。
不知道為什麼只有我變成某些人的眼中釘——啊，這次不是「不知道為什麼」。
他是我剛剛在劍術課打倒的那個人。
名字叫雅爾必。其他兩個叫馬可斯跟歐萊，記得三個人都是貴族。
可是，我又有什麼辦法呢？上課本來就要認真啊。
我可不會因為有貴族在，就故意放水拖累自己的學業成績！

就算搞到被貴族記仇，我也一定要成為鍊金術師！

「妳是要一次吃個夠是嗎？沒格調的孤兒果然不配來這間學校。」

「妳……妳太貪吃了。這些料理給窮人吃真是有夠浪費的。」

我不否認是想一次吃飽一點。因為只有三次正餐基本上免費，非正餐時間來吃要付錢。

我沒有那種閒錢。

而且歐萊你才沒資格說我！你一定吃得比我還要多。

不然要怎麼解釋你那胖嘟嘟的身材！

「喂！不要裝沒聽見——」

我覺得反駁也只是浪費時間，決定默默地繼續吃飯。雅爾必不知道是不是看我這樣很不耐煩，朝我伸出手——卻又因為這時傳來的一道悅耳嗓音停下動作，彷彿遭到制止。

「哇，萊絲，妳看看那裡。有群雛鳥在唱著刺耳的歌呢。」

「普莉希亞，據說那是春天特有的景色。他們終究只是發育不良的雛鳥，還來不及飛上天際，就會摔落地面。不需要浪費時間搭理他們。」

「喂！是誰這麼囂張！」

兩名女同學明顯在嘲弄雅爾必等三人的這番話，讓他們忍不住憤怒大吼，回頭看往對方。

其中一名女生有著蓬鬆長金髮跟淡藍色雙眼，另一名綁著馬尾的女生髮色深邃偏藍，身材有點高大。
兩人身上散發著相當高貴的氛圍，不像那群貴族男生乍看只像是小混混——我猜她們是前輩。畢竟看起來不像跟我們同個年紀。
「哎呀，你們有什麼意見嗎？孤兒也能進這間學校是國王決定的，難不成你認為——就憑你，會有資格對國王提出異議？」
前輩看到雅爾必氣得肩膀顫抖，仍然從容地露出微笑，絲毫不為所動。
嗯，兩邊的格調完全不是同一個境界。
「妳說什麼！——唔！」
雅爾必的臉被憤怒染得通紅，他身後的馬可斯卻是臉色蒼白，連忙拉住他的手，要他別再說下去。
「雅……雅爾必，那是喀布雷斯侯爵家的千金。旁邊那個是赫澤伯爵家千金……」
「什麼？……真的假的？」
「真的，我看過她們。被……被侯爵家盯上就完蛋了啦……」
他在聽到這段話之後迅速採取下一個行動，就某方面來說，還真讓人想稱讚他的果決。
「……跟……跟窮人在同一個地方吃飯會搞得我渾身不舒服。喂，我們走！」
雅爾必等人說完這段沒什麼魄力的氣話，就匆匆忙忙地離開了，簡直像是夾著尾巴逃跑——

不對，應該真的就是逃跑了。

我不知道他們家的爵位，但看來至少是不能跟侯爵平起平坐。怎麼說，感覺就是沒什麼器量。

不過，他們是不是該先跟前輩道歉再走？

「真受不了——我們可以跟妳坐同一桌嗎？」

前輩很傻眼地看著雅爾必他們離開，隨後將視線轉往我身上，對我露出微笑。

「啊，嗯，當然可以。」

這個四人座的位子只有我一個人坐，再加上對方才剛幫我趕走來找碴的那群男生。雖然面對貴族難免會緊張，但我也沒理由拒絕她們。

「那個……謝謝妳們。」

「請容許同樣是貴族的我代他們向妳道歉……我們是不是多管閒事了？」

或許是我心裡那道「為什麼妳們會想幫我？」的疑問不小心寫在臉上了。

我連忙對語氣有點疑惑的前輩開口否認。

「不會，畢竟只是路過挖苦我的話，還可以當作沒聽見，但是他們特地過來找麻煩會浪費我的時間，所以我很感謝兩位出面幫忙。我不知道為什麼常常被人找麻煩。」

前輩們一聽到我這麼回答，就訝異地眨了眨眼睛。

「妳說不知道為什麼……妳難道沒意識到嗎？」
「……？意識到什麼？」
「妳應該是珊樂莎．菲德吧？」
「呃……對，沒錯。兩位怎麼會認識我？」
如果我跟她們是同一年進來的，倒還有可能認識我，可是我沒朋友又不起眼，有點意外竟然會有前輩知道我是誰。
「嗯。菲德，妳是不是沒發現自己其實在校內很有名？」
「什麼……？……妳們是在開玩笑嗎？」
「這不是在開玩笑。畢竟妳是今年入學考總成績第一名的新生啊。」
「咦？我從來沒聽說這件事。是真的嗎？」
前輩們看我一臉困惑地這麼問，臉上也顯露跟我一樣的困惑，但很快又像是察覺到了什麼事情，說：
「為什麼當事人會不知道……啊，這麼說來，記得排名表是貼在不怎麼起眼的地方。而且也不會特別通知學生。那的確是有可能不知道，除非剛好經過，或是有校內的朋友轉達。」
校內的朋友——我身邊沒有這種人，嗯。
「雖然校方不會歧視學生的身分……但看來還是有人看不順眼孤兒拿下第一名。」

「反正妳也用不著太擔心，那種人通常過半年就會被退學了。」

能就讀全國第一學府的事實可以幫貴族的名聲加不少分。

所以聽說有不少貴族會花大錢請家庭教師，想辦法讓孩子考進這間學校。

只是考進學校以後，就得靠個人努力了。

這間學校並沒有仁慈到願意留下沒有心拚死讀書的學生，因此雅爾必那樣的人必定會在幾次考試後遭到淘汰，變得愈來愈少。

「那種人基本上沒辦法待超過一年——對了，我們還沒自我介紹吧。我是普莉希亞・喀布雷斯。」

「我是萊絲・赫澤。我跟普莉希亞都是二年級，是大妳一年的學姊。」

「啊，好。雖然兩位已經知道我是誰了，我叫做珊樂莎・菲德。我今年才剛考進學校。」

看前輩們露出跟剛才截然不同的溫柔笑容，我也連忙接著自我介紹。

「我可以稱呼妳珊樂莎學妹嗎？」

「當然，學姊想怎麼稱呼我都可以。」

「謝謝。總之，那種人很快就會消失了，珊樂莎學妹不需要太在乎他們。」

「好。我也不怎麼在乎他們說的話。畢竟我的確是免費在這裡讀書，也吃了很多飯。我要多吃一點，才能長高！」

「這麼說來，珊樂莎學妹好像……有點嬌小？」
嗯，她是故意說得比較含蓄嗎？
對我身材的感想一般應該會是「都這個年紀了還矮成這樣」或「瘦巴巴」。
我會這麼瘦小……也是因為父母雙亡以後發生了很多事情。
「嗯。妳這個年紀還在繼續發育。應該會再長高。」
「對吧？我應該可以期待會長高吧？」
「當然，妳一定會再長高——但我覺得妳現在這樣也夠可愛了。」
「我很高興聽到學姊這樣誇獎，可是……」
「啊，沒有，吃飽喝足當然是好事。只是對我來說，這裡的料理分量有點太多了。」
「畢竟有不少課程需要活動身體。可能對男生來說比較剛好吧？」
或許是因為不特別區分平民跟貴族的關係，校方提供的每一種餐點都會是固定的分量。
不會依據性別跟年齡調整餐點內容。
也就是說，十歲女生跟十五歲男生點同一道餐點，會是一樣的分量……嗯，我跟前輩一定會覺得太多。
另外，不知道是不是因為每一份餐點的量都要能滿足後者會太浪費成本，免費餐點都是無限供應，要吃多少就吃多少。

「雖然味道還不賴，但我認為還可以再多設計給食量小的女生吃的餐點。」

「老實說，我也希望可以重視品質大於分量。」

前輩們吃的是需要另外加錢，而且有點貴的餐。

其實我的免費餐也很好吃，可是前輩們的明顯比較高級。

因為她們的還有附看起來很甜很貴的甜點！

普莉希亞學姊似乎也注意到了我的視線——

「……珊樂莎學妹，妳要吃嗎？」

「我可以吃嗎？我不會客氣喔。」

聽到她笑著問我要不要吃，我是不免有點難為情，但我比較重視實質利益。

「可以，反正我也已經吃飽了。妳儘管吃吧。」

「那……那我就不客氣了！」

我伸手去拿她推過來的盤子，馬上吃一口甜點。

「啊，好好吃！我不知道多久沒吃甜點了……」

前輩們直直盯著不小心脫口說出這句話的我。

妳們用這種眼神看我，我也不會把已經到手的甜點還回去喔。

自從那天開始，我跟前輩們就會不時一起吃飯，而大概也是因為我們的關係不錯，會刻意挖苦我的人瞬間少了非常多。

◇◇◇

我跟前輩她們變成朋友一陣子之後的某一天。

「珊樂莎學妹，我聽說了一件大事！」

我一如往常地在圖書館念書時，普莉希亞學姊忽然跑進來找我。

不過，這裡可是需要保持安靜的圖書館。

「普莉希亞學姊，在圖書館裡不要這麼大聲。」

我一用手指抵著嘴巴勸前輩小聲一點，前輩就連忙摀住嘴巴，視線在我跟用有點銳利的視線看向我們的圖書管理員之間游移。

「總之，妳先坐下來吧——所以，是發生什麼事了？」

我先請普莉希亞學姊跟在後頭露出苦笑的萊絲學姊坐下來，才詢問她說的大事是指什麼。

「珊樂莎學妹，我聽說妳被米里斯大人開的那間店錄取了，是真的嗎？」

普莉希亞學姊才剛坐下來，就挺身逼近我，還抓住我的肩膀。我被她的氣勢嚇得往後退了一點點，接著問：

「米里斯大人？那是誰……？」

「妳不知道嗎？就是大師級鍊金術師，奧菲莉亞．米里斯啊！」

「大師級……鍊金術師……？」

「居然要從這個開始解釋——！」

她尖銳響亮的聲音，劃破了重回圖書館的寂靜。

「普莉希亞……」

萊絲學姊語氣聽起來很傻眼，同時感覺到圖書管理員的銳利視線狠狠扎在我們身上，還聽得見「咳咳！」的聲音。

嗯，好像不太妙。

再繼續待在這裡，以後很可能會變成圖書館的不受歡迎人物。

「……我們去外面聊吧。」

「抱歉……」

我對垂頭喪氣的普莉希亞學姊露出苦笑，並跟著她們一起離開圖書館。

我們來到學校中庭。

大概是因為鍊金術師培育學校裡有很多貴族，打理得很乾淨整齊的中庭裡還擺著幾張桌子，讓人可以在這裡開茶會。

我們現在就坐在其中一張桌子前面。

桌上擺著普莉希亞學姊買來賠罪的甜點，還有萊絲學姊泡的有點貴的茶。

這種茶好喝到改變了我對茶這種飲料的概念。

自從跟她們變成朋友，她們就不時會泡這種茶給我喝。我有點害怕以後會喝不下任何一滴便宜的茶。

我藉著享受美味的茶跟甜點稍稍喘口氣，才開口說：

「所以……我們剛剛聊到哪裡？錄取我的那間店店長的確叫做奧菲莉亞……大師級鍊金術師是什麼？」

我坦白說出疑問之後，普莉希亞學姊跟萊絲學姊都用有點傻眼的眼神看著我。

「珊樂莎學妹明明要當鍊金術師，怎麼會不知道大師級鍊金術師是什麼？」

「對不起……」

我只是因為孤兒也能靠著成為鍊金術師出人頭地才會想當，並沒有很熟悉鍊金術師這個領域的實際生態。

這類消息應該只能跟周遭人打聽，可是以前我身邊就只有其他孤兒跟孤兒院的老師。能得到的情報非常有限。

「說……說得也是。算……算了，無所謂。」

前輩大概是察覺到我這種生長環境難免會不知道，有點尷尬地移開了視線，隨後開始用非常浮誇的方式形容大師級鍊金術師有多厲害。簡單來說，就是「大師級是鍊金術師的最高峰，只有極少數人能升上大師級，是非常值得尊敬的人物」。

「而且米里斯大人是年紀輕輕就升上大師級的女性鍊金術師，她真的很優秀！」

「抱歉，珊樂莎。普莉希亞是米里斯大人的粉絲。」

「嗯，我看得出來。」

光聽前輩的語氣，還有看她滿是熱情的表情就知道了。

「普莉希亞，妳先說到這裡就好。我們來找她是要談其他事情的，不是嗎？」

「啊，說得也是。我想請妳幫我跟米里斯大人要簽名，順便打聽一些趣事——」

「也不是這件事吧？普莉希亞。」

萊絲學姊的語調忽然變得低沉了一點，讓普莉希亞學姊眨了眨眼睛，點點頭說：

「的確——珊樂莎學妹，妳平常生活都是穿制服，對吧？」

「嗯，對。因為制服穿起來很輕便……又不花錢。」

我不懂突然提出——不對，是突然拉回來？的這個話題的用意，但還是乖乖回答。

校方會免費提供制服跟運動服，非常慷慨。

而且正常情況下穿到出現破洞，或是隨著發育變得穿不下，都可以無限次跟學校領新的衣服。也就是說，我們實際上並不需要花錢買衣服。

對，不需要花錢。這句話太悅耳了。

「這怎麼行！」

不過，普莉希亞學姊似乎不滿意我的看法。

「女生不只要很注重吃，還要藉著甜食跟打扮來幫心靈補充養分！妳現在有在打工，應該有錢買其他東西了吧？要不要跟我們一起去逛街？」

那間店給的薪水的確比其他店家還要好。

好到我差點就要覺得自己偶爾花錢奢侈一下也沒關係了。

可是我有必須存錢的目標。我正準備懷著堅定的決心拒絕時——

「珊樂莎，普莉希亞是家裡的么女，一直很想要一個妹妹。雖然可能會有點麻煩，但妳可以滿足一下她的心願嗎？」

萊絲學姊苦笑著跟我說了這段悄悄話。我稍做思考。

兩位前輩平常就很照顧我，還會請我吃好吃的東西。這樣的話……

「好。我們一起去逛街吧。」

「哇！謝謝妳。那我們馬上出發吧！」

「啊，可是妳們會去的店，我應該買不起喔。」

「沒問題。我有找到一間不會太花錢的店。」

前輩自信滿滿地帶我來到一個完全出乎我預料的地方。是一間二手服飾店。

店面外觀整潔，賣的衣服也是平民多花一點點錢就買得起的價位，剛好在我也不至於完全不考慮買的範圍內。

而且店裡面這些五彩繽紛的漂亮衣服，也的確讓我看得很心動。

不過，普莉希亞學姊看起來比我還要更興奮。

她用彷彿在跳舞的輕快舞步找了好幾件衣服給我，接著輕推我的背，要我走去試衣間。

「來吧，珊樂莎學妹。妳來試穿看看。」

普莉希亞學姊不知道為什麼也一起進來試衣間，而我也就這麼在她的指示下開始試穿。

「嗯、嗯，珊樂莎學妹穿連身裙也很好看。這件亮色的再搭這件針織上衣……好可愛！」

「很……很可愛嗎……？嘿嘿嘿。」

「啊，不過，短褲配比較大件的上衣也不錯。這件有兜帽的長上衣也很棒……」

「這個顏色滿好看的。布料感覺也很堅韌。」

我不討厭打扮自己。

畢竟穿可愛的衣服心情會很好，有沒補丁的衣服可以穿，當然也是好事。

「哎呀！這裡連外國的衣服都有——這種異國風情也不錯呢。」

「是還不錯，可是我不習慣穿這麼獨特的衣服。」

我在孤兒院的時候沒有閒錢可以買衣服，對自己挑衣服的品味沒什麼自信，但我還滿喜歡有人像這樣幫忙挑適合我的穿搭。

「這件長裙也很棒！妳穿成熟一點應該也不錯。尤其身材嬌小的人努力想讓自己看起來很成熟的感覺，真的是……」

不過，太超過的話，還是會有點受不了。

明明已經進店裡很長一段時間了，普莉希亞學姊卻像是完全忘了來這裡的目的，只顧著把我當成換裝娃娃。這樣其實很消耗我的體力。

「萊……萊絲學姊……」

「加油♪」

呃，妳用這麼燦爛的笑容幫我加油也沒用啊……可不可以救救我？

我很希望萊絲學姊能過來代替我的位子，可是她應該不會買二手店的衣服。

店員可能也不敢對明顯就是貴族的兩位前輩說些什麼，只是一直尷尬地站在旁邊，臉上還掛著僵硬的笑容。

又過了一段時間之後——

「唔唔……只能選一套太可惜了，今天就先挑這套吧。」

「謝……謝謝……」

在普莉希亞學姊的嚴格挑選之下，我最後拿了可以互相搭配的及膝長裙、及膝長襪跟寬鬆毛衣。

每一件的品質跟狀態都很好，我有長高也能穿很久。

也因為這樣，才更讓我在意這些衣服的價格。

我拿著這幾件衣服，向表情看起來鬆了口氣的店員詢問賣價。

「這些總共多少錢？」

「我看看，這兩件——噫！」

「怎麼了嗎？」

開口回答問題的店員一看往我身後，就變得一臉驚恐，還發出像是忽然癲癇發作的聲音。

是我後面有蟲嗎？可是我回頭查看，也只看到笑得很燦爛的普莉希亞學姊。

「不……不好意思，我不小心突然打嗝。」

「呃，這樣啊。」

「那……那個，您挑的這一整套衣服……價格是……」

感覺店員的視線在游移……

啊，我知道了！

店員一定是不記得每件衣服的價錢！

這怎麼行呢，記住商品價格是經商最基礎的一件事。

一定要記到可以在客人問了之後馬上回答！

不過也不能怪店員，有時候本來就會不小心忘記——我懷著寬容的心，耐心等待。店員在思考了一陣子過後，說出不會造成我錢包太大負擔的價錢。

雖然也不是不可能記錯價錢了，但出身商人家庭的我，可不會錯過便宜買下好東西的大好機會。

我立刻結完帳，在接過衣服之後迅速走出店門。

「很好。這些就當作是幫她折價的謝禮。」

「咦！我……我怎麼好意思收這麼多！」

「那以後看到她來店裡消費，再記得幫她打折。」

「知……知道了……」

完全沒注意到我身後其實有這麼一段對話。

便宜買到漂亮衣服開心歸開心，身體反倒覺得很沉重。

前輩有點熱情過頭了。我想回家休息。

「普莉希亞學姊，今天很謝謝妳幫我挑衣服——」

我懷著想早點回家的心情準備道別，卻被普莉希亞學姊打斷。

「還沒結束！珊樂莎學妹，妳的頭髮！都亂蓬蓬的……不覺得太長了嗎？妳的眼睛都快被瀏海蓋住了。」

聽到前輩這麼說，我才撥起瀏海摸摸看，發現真的有點長。

「再繼續留長的確很礙事。不知道學校有沒有剪刀可以借。」

以前在孤兒院裡面有剪刀可以用，但是那不是我的私人物品，所以沒有帶來學校。

剪刀價格不便宜，要是學校沒可以借，可能得考慮回去孤兒院借來用。

「……借剪刀要做什麼？」

「咦？當然是剪頭髮啊。」

「……自己剪？」

「自己剪。」

「這樣粗魯對待頭髮會遭天譴啊！」

「也太誇張了吧！」

有的庶民甚至不會用剪刀剪，而是直接用刀子割掉耶！

「好。反正我今天也正好要回家剪頭髮。珊樂莎學妹也一起來剪一剪吧。」

「咦……咦咦咦？可是普莉希亞學姊家是侯爵住的豪宅吧？」

「王都那間也沒有豪華到可以說是豪宅。」

我看向萊絲學姊，只看到她聳了聳肩，苦笑著說：

「也只是在侯爵眼裡不算豪華吧？」

——這樣講我很怕耶！

「來，我們走！」

普莉希亞學姊不顧我的困惑，直接牽著我來到一間很大——不對，是大得嚇人的豪宅。

我被眼前的景象震撼到忍不住畏縮起來，也還是不忘趕緊跟在若無其事走進屋內的萊絲學姊身後。一進門，就有一位年輕女僕出來迎接我們。

她看著我們，一臉疑惑地說：

「哎呀？大小姐……？您今天應該沒有要回來——」

「我今天本來就要回來一趟。我是回來剪頭髮的。」

「剪頭髮？可是您前幾天——」

「住口！別管那麼多了，快叫負責理髮的女僕過來。」

「……遵命。」

女僕表情顯得很納悶，卻也乖乖按照吩咐離開。

普莉希亞學姊滿意地點點頭，在目送女僕離開以後繼續替我們帶路。

「珊樂莎學妹、萊絲，妳們來這裡。」

她帶我們來到我這輩子第一次……應該是第一次造訪的豪華房間！

等等，房間裡面的東西太高級了，我完全看不出值多少錢！

前輩要我坐在高級到我平常絕對不敢去坐的沙發上，而我就這麼僵在沙發上。

不久，一名女僕——跟我們剛才在門口遇見的是不同人——拿著剪刀走進了房間。

「打擾了。大小姐，您說想要修剪頭髮……」

「對，可以幫我們修剪一下嗎？」

普莉希亞學姊說完，女僕就看往萊絲學姊跟我，並在點頭表示了解之後把一塊布鋪在地上。

「遵命。請坐。」

女僕動起剪刀，替坐到椅子上的前輩修剪頭髮——一轉眼就修好了。

「好，接下來換珊樂莎學妹了。」

「請坐到這張椅子上。」

我再怎麼遲鈍，也看得出這是怎麼回事。

前輩說自己剛好也要剪頭髮只是藉口。

可是前輩應該也不希望我拒絕，於是我只好乖乖坐到那張椅子上。

「請問要幫您剪成什麼髮型呢？」

「我沒有想剪的髮型……幫我剪短就好了。」

女僕一邊用布圍住我的脖子，一邊問我要剪什麼髮型。而我一回答完，卻是聽見普莉希亞學姊的聲音，而不是女僕的聲音。

「怎麼可以這麼不講究！」

「咦……？那，就請學姊幫我想要怎麼剪吧。」

我以前沒有多餘心力注意自己的髮型，對髮型這部分的知識是一竅不通。所以我早早就決定全權交給她決定，也能避免剪成奇怪的髮型。

「哎呀，可以由我來決定嗎？我認為珊樂莎學妹剪短髮應該也很好看……萊絲，妳覺得呢？」

「我覺得短髮不錯，可是以她的個性來說，會比較適合留長髮吧？而且之後變長了也不會不好看。」

「不，大小姐，我認為她的髮質——」

我就這麼聆聽她們三個討論起我的頭髮，等待她們決定我髮型的命運。

◇　◇　◇

喀擦。

我踩著輕快腳步回到宿舍，在回到自己房間之後先鎖上門，才把買來的衣服攤在床上。

「呵呵呵，買到新衣服了！」

我已經很長一段時間都只穿制服了，看到眼前這套漂亮的便服，實在忍不住把欣喜表現在嘴角上。

「我本來打算只在特別的日子穿這套……但今天穿一下不會怎麼樣吧？」

她們三個（一開始在門口迎接我們的女僕也在後來加入了戰局，正確來說是四個人）最後討論出來的結果，是剪成中長髮公主頭。

而且前輩說她有多的緞帶，就幫我綁了一條看起來有點貴的緞帶，所以現在可說是我有生以來髮型最漂亮的時刻。

再加上面前這一套高級衣物。

我剛進學校的時候也有買新衣，可是那時候是我自己挑的，價錢沒有今天這套高。

不在把頭髮打理得這麼完美的時候穿穿看，就太浪費了吧？

我喜孜孜地脫下制服，穿上剛買的新衣服。

隨著動作飄逸的裙子，還有這件觸感輕柔舒適的毛衣，都讓我難掩內心喜悅。

畢竟我也是女生。當然會喜歡把自己打扮得漂漂亮亮的。

「哼哼哼，我這樣穿是不是滿有氣質的？」

說不定還有點像豪門千金？

雖然不像普莉希亞學姊是真真正正的千金大小姐，但我穿這樣也應該多少有點像？

我低頭看著自己身上的衣服，又開開心心地轉了一圈。

國家圖書館出版品預行編目資料

菜鳥鍊金術師開店營業中 . 3, 錢財短缺了 ?/ いつきみずほ作 ; 蒼貓譯 . -- 初版 . -- 臺北市 : 臺灣角川股份有限公司 , 2023.02
面 ; 公分 . -- (Kadokawa fantastic novels)
譯自 : 新米錬金術師の店舗経営 . 3, お金がない？
ISBN 978-626-352-272-5(平裝)

861.57 111020762

Kadokawa
Fantastic
Novels

菜鳥鍊金術師開店營業中 3
錢財短缺了？

（原著名：新米錬金術師の店舗経営03 お金がない？）

2023年2月9日　初版第1刷發行

作者：いつきみずほ
插畫：ふーみ
譯者：蒼貓

發行人：岩崎剛人
總編輯：蔡佩芬
編輯：黎夢萍
美術設計：李思穎
印務：李明修（主任）、張加恩（主任）、張凱棋

發行所：台灣角川股份有限公司
地址：104台北市中山區松江路223號3樓
電話：（02）2515-3000
傳真：（02）2515-0033
網址：www.kadokawa.com.tw
劃撥帳戶：台灣角川股份有限公司
劃撥帳號：19487412
法律顧問：有澤法律事務所
製版：巨茂科技印刷有限公司
ISBN：978-626-352-272-5